KB135284

〈 詩가 있어 黃昏길이 노을처럼 〉

어떻게
살다 가야 하나

주 재 욱 지음

〈 詩가 있어 黃昏길이 노을처럼 〉

어떻게
살다 가야 하나

주 재 욱 지음

■ 인 사 말

옛 말에 늙어 배부르고 등 따스면 상 팔자라 했는데
땅이 살고 더 살아 아흔이 되었고 사랑하는 아내 만나
살아 온 삶이 60년! 회혼(回婚)을 맞게 되어 정말
땅은 축복속에 살았습니다.

뒤 돌아 보면 어둑한 세월 일제 탄압. 6.25동란 피난 길.
가난, 그난 숱한 수모. 아직 그때 생활로 돌아 가라하면 차라리
죽음을 택할 만큼 힘든 삶, 참고 살아 왔기에 오늘이 있음을
감사, 감사, 또 감사 할 뿐입니다.

회혼을 맞아 사랑하는 아내에게 감사한 마음 전 하고자
네 번째 시집으로 「어떻게 살다 가야 하나」을 출간
하게 되었구요 항상 따뜻한 가정으로 지켜 준 사랑하는 아내에게
조금이 나마 위안이 된다면 더 없이 기쁘겠습니다.

나이 먹어 우리 나이로 아흔이 되었음에도 직장을 즐겁게
다니면서 전문 기술자(항만분야 기술사(技術士)로 활동하고 있어
축복으로 살고 있습니다.

시인이 아니면서 시를 쓴다는 거. 더구나 시집으로 네 번째 !
조금은 쑥스러운 생각이 듭니다. 시를 쓰면서 땅은 생각을 하게 되고
자연을 노래하고 삶에서의 정감을. 나 만의 생각으로 누구의 간섭없이
스스로 생각하고 글로 쓴다는 거 황혼 길에 긴 동무가 되어 주니
이 또한 큰 축복이 아볼까요

시가 좋아 쓰다 보니 네 번째 시집까지 정말 감개 무량 합니다.
토목 기술자로서 전문분야에서도 활동하며 열심히 살아 왔음을 자부 합니다.
틈 틈이 시간 날 때 시를 쓰고 모아 온 것이 회혼 기념일을 맞아 사랑하는
아내에게 선물이 된다면 더 없는 기쁨이 되겠습니다

「어떻게 살다 가야 하나」제 4집을 회혼기념일을 맞아
사랑하는 아내에게 드립니다.
감사 합니다.

목차

인사말

1부　어떻게 살다 가야 하나

어떻게 살다 가야 하나 3
봄 4
우리를 슬프게 하는 것들 5
택시 6
고향이 그리움은 7
시계 8
날개 10
흰 구름 가는 곳 11
빈 손으로 가는데 12
세모 13
오늘이 가면 14
나리꽃 15
동행 16
얼굴 17
나이 18

이른 아침에 19
사는 동안 20
세상 왜 이래 21
산다는 거 (1) 22
새해 아침의 소망 23
눈길 24
까치 설날 25
미수의 생일 선물 26
날개 접은 친구 27
당신이 봄이라서 28
추억 29
우리 사랑 노을되어 30
설날 31
산다는 거 (2) 32

i

2부 인생은 즐겁게

인생은 즐겁게 35
사랑 그리고 행복 36
드라이브 길 37
연인 38
친구 생각 39
나를 찾는다 40
스치는 인연 41
남촌에서 살고 싶다 42
나팔꽃 43
노을 아름답 듯 44
우울한 봄 45
이 가을 가는데 46
불면의 밤 47
꽃은 피었다 지는데 48
내 탓 49
화창한 봄날에 50
상처 51
먼 산 아래 52
나이 탓 53
멋진 인생 54
오늘의 아침 55
그리움 56
소가 웃는다 57
존재의 이유 58
한 올의 결실 59
아침 인사 60
오늘 61
오점(汚點) 62
덕구 온천 길 63
풀피리 64

가을이 오는 소리 65
형 66
한가위 67
아 가을 68
인생은 멋지게 69
친구야 70
세대 차(世代 差) 71
시한부(時限附) 72
가을이 가는 노래 73
석양 74
달밤 75
가고 싶다 76
즐겁게 살다 가야지 77
만추(晩秋) 78
꿈과 추억 79
즐거운 삶의 시작 80
내일 81
저 하늘에 별들이 82
병삼의 친구에게 83
기다림 84
하루 해가 저문다 85
바다가 고향 86
아침에 차 한 잔 88
민들레 추억 89
낙화 90
가을에 쓰는 편지 91
새해 아침 92
넋두리 93
행복으로 초대받은 삶 94

3부   최선을 다하는 삶

최선의 의미 97
삶이 힘들어도 98
저녁 기도 99
나를 부른다면 100
행복이란 101
일은 행복 102
나그네 꽃 104
별 꽃 105
일과 마무리 106
노인 107
누군가에게 편지를 쓰고 싶을 때 108
감사하는 마음으로 109
황혼 가는 길 기도하는 마음으로 110
난향(蘭香) 111
미수의 자화상 112
정월 대보름의 기원 113
훗날에 114
마음은 항상 그곳에 115
나무는 늙어도 꽃이 핍니다 116
시간이 돈인데 117
사는 보람 118
행복한 삶 119
행복 찾기 120
사랑스런 아내 121
지상 낙원 122
돈이 뭐기에 123
사는 날까지 124
낙엽 125
낙엽 길 걸으며 126

시간은 간다 127
희망과 욕망 128
수퍼 아줌마 129
율동 공원 길 130
귀로(歸路) 131
어제와 추억 132
꽃망울 133
흰눈 세상 134
송년 135
내일은 희망입니다 136
종무식 137
오늘의 교훈 138
입춘 소망 139
갈림 길 140
강아지 이야기 141
봄 비 142
백목련 143
고향의 봄 144
개새끼 145
그날 146
사랑과 희생 147
행복은 항상 우리 곁에 148
만남 149
늙어도 피는 아름다운 마음의 꽃 150
기다림 151
사랑 152
현충일에 153
시간은 멈춰서지 않는데 154
결혼 기념 여행 155
내 사랑 그대 156

넌 뭘 생각 하니 *157*
아름다운 추억 *158*
한 마디 말 *159*
훗날 *160*
사랑은 아름다워요 *161*
언젠가는 *162*
고독 *163*
지나간 날 *164*
무기력 *165*
더 늙기 전에 *166*
눈망울 *167*
회혼(回婚) *168*
그리운 얼굴 *170*
그리워질 거야 *171*
수확 *172*
빈칸 *173*
무엇을 남기고 가야 하나 *174*

즐거운 시간 행복한 순간 *175*
미련 *176*
감사하며 살다 가야지 *177*
부부 *178*
아름다운 동행 *179*
소일거리 *180*
꺼져가는 등불 *181*
눈이 내린다 *182*
난꽃 *183*
송년 *184*
이름 모를 들꽃 *185*
잘 사는 삶 *186*
바다가보이는 언덕 길 *187*
이 땅에 진정 봄은 오려는지 *188*
사랑의 축복 *189*
오늘 일은 오늘로 *190*

편집을 마치고 *191*
후기 *192*

1부 . 어떻게 살다 가야하나

어떻게 살다 가야 하나

얼마나 오래 사는게 중요하지 않잖아요

어떻게 살아 왔고
어떻게 살아 갈 일도 중요 하다지만
정말로 어떻게 살다가 죽느냐가 더 중요한 현실이 되었네요

미수 (米壽) 까지 살아 오면서
짧지 않은 세월
되돌아 보면 힘겹게 헐떡이며 살아 왔는데
오랜 세월 살아 온 삶
호화 생활은 아니어도
모자란 것 없이 살았구요
불행 했다 생각지 않아 행복 했다 할 수 있지요

이제 남은 삶은
후회하지 않을 삶으로
감사하는 마음으로 즐겁게
사랑하는 아내와 동행하며
사랑하며
더 사랑하며
살다 가고 싶네요

친구 만나 정담 나누고
만남이 힘들 땐 전화하며 자주 안부 묻고
안녕 기원 하며
그렇게 즐거운 시간 찾아
즐겁게 즐기며 살다 가야지요

전쟁에 진저리 난 지난 세월 보내고
그 동안 지은 죄 참회하고

하나님 부르시면 감사하며
기도하는 마음으로
조용히
온만감 견디 가고 싶네요

3

봄

겨우 내
기다려도
쉬이 오지 않던
기다리던 봄

단천 가 걷다가
버들 강아지 몇 가지

꽂아 놓은 식탁 위
거기에
봄이 와 있네요

우리를 슬프게 하는 것들

어린 자식 학대하는
부모들의 행동에
안쓰럽고 가슴 아픈 마음
우리를 슬프게 하지요

어른에게 불손한 말투와 행위
잘못 키웠다는 죄책감에
또한 우리를 슬프게 하고요

하찮은 말꼬리로
오랜 우정의 결별들
이 또한 우리를 슬프게 하네요

세상사 기쁠 수만은 없더라도
마음을 슬프게 하는 일들
지혜롭고 기쁘게 사는 삶

성숙한 자세로
배려하고 감사하며 살아야 하는건데

몇 날이나 남았다고

택시

헐레벌떡 가는 길에
택시가 서 있어
타고 갈까
공짠데 지하철 타고 걸어 갈까

택시비 육천원
육천원이면 한 끼니 밥 값인데

단 돈 육천원
택시 타면 편하게 가 쟎아
한 번에 빨리 도착 할텐데

운동으로 걸어 갈수도 있는 걸

쓸 때 쓰자고 버는 돈
요놈의 돈이 무어라고

고향이 그리움은

고향이 그리움은
어릴적이 그리워서 이고
어린 때가 그리움은
고향의 봄이 그리워 이고
세상 살이 지쳐 심신 달래고 싶어서 겠지요

고향이 그리움은
이른 아침
미루나무 위 까치 소리가 생각나서 이고
어쩌면
어머니 생전의 손 맛이 잊혀지지 않아서 이고
철 없던 시절의 친구 모습이 그리워서 인지도 모르겠네요

오늘도
먼 산 바라보며
고향을 그려 봅니다

옛날에는 너무도 멀었던 고향 길
이제는 지척
차 타면 반 나절인데 …

늙어서도 고향이 그리움은
고향으로 향하는 귀소본능에서 인지도 모르겠네요

시 계

예나 지금이나 장닭이 새벽을 열지요
오늘은 자명종 시계 소리에 깨어
아침 해를 맞이 했습니다

예물은 거의 주고 받도 못하고 결혼한 후
어렵사리 살아 오면서

서로가 미안하여
늦으막에
그 때를 되새겨 주고 받은 고급손목 시계

너무 고급스러워
손에 차는것 보다
깊숙히 모셔 놓은 날이 더 많았구요

나이 들자
아껴 뭣 하랴 싶어
일상 차기로 했는데
습관으로 오래 모셔 놓아서 인지
잊고 차지 않는 날은
가끔
시계가 멈춰서 시간이 맞지 않더라구요

8

고급시계라 모셔 놓은게
시계의 본 구실에 상처를 준 건지
고급시계도 제 구실 못 하는 때 있데요

시간 맞추지 못 하면 시계가 아니잖아요

하룬 좋은 사람도 인간구실 못 하면
/살아 숨 쉬는 허수아비 인데

아무리 고급시계라도
시간 제 때에 알려주지 못하면
/싸구려 시계만도 못한 고물(古物)이 지요

날개

병실에 갇혀서야
자유가 너무 그리워
날개를 단다

고향에 날아가
어릴적 친구들
먼저 떠나버린 친구
보고 싶었던 친구도

자유가 그립고
너무 그리워
날개를 단다

전쟁이 없는 남쪽 나라
나비가 되어
이 꽃 저 꽃 꿀물 찾는다

병실 창 밖
새들이 어디론가
자유롭게 날아 가고 있다

흰 구름 가는 곳

저 흰 구름 가는 곳
해 돋는 해변인가
석양이 비치는 서산 일까

흰구름 타고 바람따라
흰구름 나라
흰 머목이 한가롭고
버선발로 맞아주는 어머니도 거기 있고
어릴적 소꿉친구 옹기 종기 모여 들겠지

잘난 사람 없고
시기하는 사람 없는
모두 흰구름 되어
하얀 마음으로 살아가는 곳이 그곳이려니

저 흰 구름 머무는 곳
그곳에는
노란 동백꽃이 피고 지고
파랑새도 반겨 날개짓 하겠지

빈 손으로 가는데

남녘에서 불어 오는 바람결
제비가 꽃으로 내려 왔아 봄 소식 전 하더니
(제비꽃)

소나기 비바람 견뎌 잉태한 씨앗 들
북녘 소슬바람에 터져
한 알이 살아 온 삶
빈 손 되었네요
갈 때는 빈손이라고

살아가는 동안
상처주고 상처 되 받고
짓 밟고 일어서 치부하고
은해하고 높은 벼슬 차지 했더라도

가기 전에
용서하고 용서 받아
평생 갈고 닦은 지석
생전에 아끼던 보화도
좋은 일 다 하고
따스한 빈 가슴 홀가분한 마음으로 가야지요
갈 때는 빈 손인데

세모 (歲暮)

한 해가 가네요
한 해가 또 저무네요

숱한 사연 뒤로 하고
마지막 달력 한 장 찢겨 나가는 날
한해가 과거로 묻히네요

올 해
씨 뿌린 만큼 거두었는지

시작 했던 일
마무리 잘 되었는지

원한 산 일
상처 준 일 없었는지

용서 하였고
용서를 구 했는지
한 해 되돌아 보게 하네요

새해 새 아침 맞아
사랑주고 사랑 받게 하소서

오늘이 가면

하루가 저물면
오늘은 서산넘어 지는 해 따라 영원히 과거로 묻힌다

오늘 하루
무엇을 하면서 어떻게 시간이 지났던가

원한 살 일 없었는지
용서 받을 일은
내일을 위하여 무엇을 생각 했고
오늘 하루는 보람 있게 마무리 하였는지
되새겨 보게 되네요

두번 다시 돌아 오지 않을 오늘인데

오늘이 가고 나면
그 오늘이
아름다운 추억으로 남아 되돌아 보게 하는데

나리꽃

바람 타고 왔을까
구름따라 왔느냐

해맑은 얼굴로
반겨 맞아주는 나리꽃

웃는 모습
어머니 얼굴 떠 오르네
어린 그 시절
고향이 그립구나

행여
바람결에 찾아 온
고향친구 그 얼굴 아니겠지

세상은 너무나 변 했는데
옛 모습 그대로 반겨주는 그 얼굴

풀피리라도 불고 싶구나
필 삐리 삐리
필 날나리

동 행

길을 걸어 갑니다
인생 길
태어나서 가야 하는 길

손 꼭 잡고
사랑하는 사람과 같이 걸어 갑니다

울퉁 불퉁 자갈 길
꾸불 꾸불 고갯 길
때로는 신발 벗고 바지 걷어 올리고
흐르는 물 거스르며

가도 가도 끝이 보이지 않는 길이지만
손 마주 꼭 잡고 같이 걸어 갑니다

남 남이 만나 가는 길
늘상 순탄한 길 있는건만 아니랍아요
만난 인연
같이 가자고 약속한 길

만남에 감사하고
함께 찾어 고맙고
서로를 아끼는 따뜻한 가슴으로
이 세상 끝까지 같이 걸어 갑니다
이 세상 삶이 끝나면 저 세상까지라도

사랑하는 사람과
못다한 사랑 나누며
손 잡고 같이 걸어 가렵니다

16

얼굴

사랑하는 사람

소파에 묻혀
잠시 쉬고 있는 모습
당신의 얼굴

힘겹게 살아 온 추억 아련히
흰 머리카락
세월의 수 놓은 주름진 얼굴
돌아 서도 왠지 눈시울 적셔요

묵묵히 지켜 이룬 오늘의 우리 가정
늙어 가면서 푸근한 마음 가짐은
최선을 다 해 지켜 온
주름살에 가려진
당신의 헌신과 사랑에서 왔음을 잘 알지요

이제 늙어
갖고 싶은것 없의 다 가질 것이요
불행하지 않아 행복함이니
더 바램은 죄가 되겠지요

얼마 남지 않은 삶
감사하며 또 또 사랑하며
살아 가야 하는데

나 이

친구야
나이 탓하지 말자

나이는 화살 같아
되 돌아 오지 않는게 나이 아닌가

우리 언제 젊은적 없었던가
나이야 어차피
세월 따라 흘러가는 것인 걸

마음 먹기 따라
젊게 살고
늙은이 처럼 살고
아니 늙어도 젊게 살수 있는데

친구야
이제 나이 그만 탓 하고
이제부터 출발이다

젊은 가슴으로
젊게 살다 가자

자주 만나 늙어가는 얼굴 보고
마음만은 젊게 살아 가자

나이
헛 먹었다는 소리 듣지 말고 살아야지

18

이른 아침에

이른 아침 강가를 거닐어 보셔요
뒤에 모르는 물 안개
건너 편에서 누군가 사랑의 손짓 있을 거예요

이른 아침 풀섶 벗삼아 산책해 보세요
풀잎에 맺힌 이슬
햇살 받아 반짝이는 수없는 영롱한 별빛 있잖아요

상큼한 공기
갓 피어난 하늘빛 나팔꽃 반가운 웃음 있다요
어딘가에서 들려 오는 쿠쿠 꾸꾸 임 찾는 노래

사람라고 코로나에 가슴 조이고
어중심만 거진 믿음 저버린 사회 풍토
이제 이 나이에
좋은것만 생각하고 좋게 마음먹고 내려놓고 살다 가야지

이른 아침 강가를 거닐어 보세요
가벼운 걸음
가벼운 마음으로

저기에 진정
사랑와 건강와 평화가 있네요

사는 동안

태어나 한 평생 사는 동안
몇 번이나 행복감에 젖었던가요

긴 여정에서
어느 정거장에서 가장 오래 머물렀고
또 어느 간이역에서
지독하고 외롭고 기다림만 있었나요

비 오는 날 막다른 골목 길 그 집 앞에서
초조한 마음으로 기다려 본 적 있었나요

즐거움은 쉬 지나치지만
괴로움은 길게 자리 한답니다

태어나 한 세상 사는 동안
몇 번이나 보람있게 살았다 자부할 수 있으며
뼈저리게 후회 해 본적은 또 몇 번이나 있었던가요

남의 가슴에 상처준 일 몇 번이고
구조 요청에는 선뜻 따뜻한 손 잡아 주었던가요

사는 동안
물 안개 피어 오르듯 숱한 추억속에는
여한 없는 삶이 있고
마음에라도 빚은 지지 말아야
평탄한 여생이 황혼노을로 추억에 붉게 남겠지요

기왕 태어나 사는 삶
좋은 일의 대가 즐거움인걸
올바른 삶의 추억이 즐겁잖아요

20

세상 왜 이래

세상 왜 이래
정치판 배울거 없고
정치하는 사람들 누굴 밟아야만 출세하는건지
역사의 존엄한 심판 어쩌려고

코로나는 또 왜 이래
계속 늘면 모든게 얼어 붙잖아

세상 사는게 왜 이러는데
친구 못 만나
찻 집에서 차 한 잔의 정담마저 앗아 가다니
늙은이 나들이 잘못 했다간 큰 일 치룬다는데

계절은 만추라
낙엽들 삭풍에 흩날리고
바람 따라 떠나야 하는데
코로나 바람에 갇히면 그대로 썩어 버리잖아

어서
첫 눈 내려
온 세상 희게 덮어 버리면
흰 눈 세상

새하얀 마음으로
다시 출발하는 희망이라도 가져야겠는데

※ 옥파마와 붉수술을 바라서

21

산다는 거 (1)

산다는거 그렇고 그런거 아닌가요
나이들어 보니 산다는게 힘드네요

방송에서는 연일
코로나 특보만 보내는데
나이 먹으니 코로나에 묶여 버렸구요
나이든 사람 코로나에 직격탄이라나
상태를 모르니 만남도 두렵네요

오늘도 몇 몇 친구
전화 안부만 물었지요

세상 돌아 가는게 이 모양인데
이제는 허물렁 하게
이래도 좋고 그것도 더 좋고
모든 사물 좋게 좋게 보며 사는거 어떨까요
(정치만 빼고)

산다는거 그렇게 봐 넘기면
아무것도 아닌데

새해 아침의 소망

새해 아침
천기를 품고

새로운 다짐으로 최선 다 하면
이루어 지리라는 기대되는 새해 아침

미수 (米壽)의 해
새 일자리에 두 손 모아 감사하며

새로운 각오
아침 햇살처럼 붉게 피어 오르게
有終의 美를 목표로
황혼의 노을되어 저물게 하소서

덧 없이 보내면 그대로 흘러가는 세월

화려하지는 않더라도
쉬임없이 타다가 조용히 꺼지는 불꽃되게 하소서

눈 길

함박눈이 하얗게 내려 쌓인 눈길
흰 눈 밟고 걸어 간
두 사람의 발자국

흰 눈 맞으며
다정히 걸어 간 눈길

천둥 번개 모두 삼켜
새하얀 흰 눈 되며
흰 눈으로 덮인 하얀 세상

흰 눈 밟고 걸으며
눈 길을 걸으며
희고 싶어
흰 새 되어 날고 싶어
사랑하는 사람과 손 맞잡고
흰 눈 맞으며
발자국 남기고
흰 눈길 마냥 걸어
세상 시름 잊고 싶어라

까치 설날

까치 가족이
옹기 종기 모여 앉아
설 인사 하나 보다

까치 설 날인데
떡국이나 먹었고
세배를 하는지

아침 산책 길 가 나뭇가지에 모여 앉아
시끄럽게 지저귄다

우리 설 날 내일인데
반가운 손님 오시려나

미수(米壽) 생일 선물

아들 딸 들
손자라곤 딸랑 친 손녀 하나

대입 스트레스로 온 가족
밥맛 멀리 가 버린지 오래
발표 소식에 선경 곤두 서
바라던 대학 학과 합격 선식 고대하던 참에
애태우던 끝 자락에야 반가운 합격 통보
米壽 생일 큰 선물 안겨주어
장하고 고맙네요

열심히 노력해서
노력 만큼 거두라고

최선 다 하는 삶 살아 가라고
펄듯이 기쁘고 감사하는 마음으로
축하
축하

또 축하

합 격 증

수험번호 : 21706545131
성 명 : 주하윤
생년월일 : 2002년 04월 09일
모집시기 : 정시
전형구분 : 나군일반전형_실기
학부(과) : 디자인학과(시각디자인전공)

서울과학기술대학교 2021학년도 신입생
모집에 상기와 같이 합격하였음을 증명합니다.

2021. 02. 15.

서울과학기술대학교 총장

날개 접은 친구

누구 보다 활발 했던 친구
아는게 많았던 친구
늙어서 인지
날개 접어 새장에 갇혔네요

옛날 같았으면 일찌 감치 고래장이 였는데
세월이 변하여 신식 고래장에 요양원으로 진화 했네요

날개 접은 친구
새장속에서 보내는 모습 눈에 선하네요
날개짓하며 나 다닐 수 있는 자유가 그리우련만

어떻게 살아 오늘을 이루었는데
험난했던 시절이 채 가시지 않았는데

날개가 부러졌다면 치유하여 다시 날 수 있는 희망도 있는데
접은 날개
어쩌면 삶의 막다른 골목인 것을
희망 마저 접은건 아닌지

기운 없는 전화 목소리
형여 불편한건 아닌지

친구야
늙어 황혼 길
희망은 놓지 말고 여생 살다 가자
얼굴보고 정담 나누며 살다 가야지

허공에 날려 보낸다
바람 따라 전해 지려나

당신이 봄이라서

당신이 봄이라서
내 마음 음지에 사랑의 봄꽃이 핍니다

당신의 마음이 따뜻하여
마음 깊은 곳
세파에 얼었던 고드름도 녹아 내리고요

당신의 말 없는 최선의 노력으로
우리 가정에 풍족한 결실로 곡자도 가득하네요

당신의 헌신적인 사랑에
내 마음에 행복이 올망 졸망 달렸지요

추억

조용한 가운데
의자에 파묻혀
흐르는 음악
추억이 음악 속에 녹아 흐르고
영화처럼 소설처럼
살아 온 삶이 음악속에서 춤을 춘다

잘 살아 온 삶
후회스런 삶
웃음도 눈물도 괴로움도
모두 다 지난 이야기라지만

추억은 아름다울 수록 흐뭇하게 되돌아 오기 마련

사과 할 사람
사랑 해야 할 사람
이미 세상 떠난 사람도 많은데

추억
아름다울 수록 흐뭇 하다
아름다운 추억 날개 달고
음악에 맞추어 두둥실 춤을 춘다

우리 사랑 노을 되어

저녁 노을
노을빛 받아 붉게 물든 옷 입고
마음 속가지 물 들여 지는구나

우리 사랑 거기 있고
붉은 노을 되어
붉게 타다가 노을처럼 사그라져야지

태어 날 때 보다
가는 길 노을 처럼 아름답게
시작 보다 끝이 아름다워야 하고
떠 오르는 태양 아름답고
지는 노을 아름답 듯

우리 사랑
아름다운 노을 되어
황혼 길 노을 속
다정히 손잡고 서산 넘어 가야지

설 날

어제가 까치 설 날

설 날 아침에 눈이 내린다

서설 (瑞雪)!!
어려운 시국에 좋은 일이라도 생기려나

떡국 먹고
한 살 나이 더 먹고
나이는 그만 먹었으면 좋으련만
세월 따라 먹는 나이
하는 일도 나이 만큼 더 많아야 하는데

나이 값 못 할때 많아 흐르는 세월이 아쉽네요

세배 받고
조상께 예 올리고

즐겁게 살다 가자고
건강하게 늙어 가자고 빌어야지

산다는 거 (2)

산다는 거
더러는
죽지 못 해 사는 삶도 있겠지요

힘 겹게 사는 삶
어쩔수 없어 사는 삶이라도
기왕 태어난 인생인데
최선을 다 해 살다 가면 어떨까요

살다 보면 좋은 날도 있겠지요

생명은 모질다 하더라구요

감당할 수 없는 고통에서 산다고
하늘 쳐다 보며 한탄만 하다 갈께나구요

좋은 일은 못 해도
남의 가슴에 상처는 주지 말아야지요

산다는 거
삶이 힘 들어도
사람답게 살다 가려거든

사는 날까지
노력하며 살다 가자구요
노력 만큼 거두어 진답니다

2부. 인생은 즐겁게

인생은 즐겁게

굶고 산다고 흔쾌히 도와 줄 사람 있은거란 기대 마셔요
게을러 굶는다는 편잔으로 돌아올 뿐입니다.

조금만 노력 하면
무슨 일이든 마다 하지 않고 일 한다면
굶는 일 없는게 현실입니다.

인생을 슬프게 산다고
애통 해 주는 이 있을거란 기대 접으세요
즐거운 일 찾으면 되는한데 혼자 슬픔 자처하는 거
즐거움 안겨다 줄 사람
내세에서나 있을 법한 일 아닌가요

노력 없이 추수 기대 한다고
오곡이 하늘에서 떨어져 줄 일 없듯이
내 인생
내가 만들어 가는것

내가 만드는 인생
열심히 노력하여
기왕이면
즐겁게 즐기며 살아가야지 않을까요

노력하면 노력 하는곳에
바라는 바 즐거움도 있을 것인 즉

인생은 즐겁게
인생을 즐기며 살다 가야지요

35

사랑 그리고 행복

늙어져도
사랑 할 수 있어   감사 하구요
사랑하는 사람
늘 곁에 있어
더 더욱   감사 합니다

이 나이   아직까지
사랑 해 주는 사람 왔고
언제나   어디 까지도
그림자 되어   동행하고 있어
무척이나 행복 하답니다

행복에 겨워
불행은 뒤안 길에 묻혔고

이 시간   이 행복이
그대로   멈춰 버렸으면

동산에   걸친 보름달
해맑은 얼굴로   반겨 주네요

드라이브 길

둘 만의 대화
이따금
아내와 드라이브를 합니다

조용한
대화 장소로는
드라이브 길이 안성맞춤이지요

살면서 쌓인 응어리

동반하여 살아 온 지난 일
추억을 되새기며
애정을 다지는 기회도 되잖아요

차창을 스치는 계절
계절 따라 변 하는 산하(山河) 풍경
차창에 가득 들어 오네요

삶이 힘들 때
단 둘이
아내와 드라이브를 합니다

커피도 마시고 음악을 들으며
따스한 애정의 말 한 마디
삶의 활력소가 되지요

연 인

말은 하지 않아도
다정히 손잡고 걷는것 만으로도
마냥 행복한 연인

주고 싶은 것은 많은데
마음 밖에 줄 수 없는
가난한 그들

받은 것 없어도
모두 받은 것 같은
마음만은 풍족한 그 때

낙엽이 떨어지는
어느 가을날
주머니 속 온기가 남은 군밤
한 알씩 서로에게 먹여주던
따스한 마음을 전하던 한 쌍의 남녀

서로의 마음을 알기에
만남만으로 행복했던 그 시절
백발이 되어 흔들의자에 앉아
오랜 세월에 묻혀가는 희미한 추억들

입가에 웃음 베어남은
그 시절이 있었기에

오늘의 이 행복
감사하며
아직도 연인으로 산다고

친구 생각

가로수에 가을 빛 내려 앉았네요
새 옷으로 갈아 입은 거리 풍경
무작정 걷고 싶은 충동에 거리로 나왔습니다

어릴적
엄마의 광목에 검정물감 드려 손수 지어주신 새옷
새 옷 입고
천하를 얻은것 같은 들뜬 기분
자랑으로 뽐 내던
내 모습이 가을 갈 거리에 서 있네요

돌고 돌아 온 세월만큼이나
멀어져 가 버린 옛날 그 시절

한 닢 두 잎 떨어 간 낙엽
낙엽 되어 바람 타고 떠나 간
어릴적 친구들 그리워 집니다

나를 찾는다

나를 찾는다
머더에고 보이지 않는 나

거울 비추이는 모습
세파에 찌들고 시달리며 늙어 버린 모습

나
나는 태어날땐
순수 했고
하늘 올랐다면 천사가 될
해 맑은 모습이

속고 속이고
시기하고 질투하고 오만하고
살기 위해 발버둥쳐 온
세월에 밀려 사는동안
얼룩지고 초희한 오늘의 물꼴에서 나를 본다

진정 무엇을 찾으러 헤매였고
무엇을 찾으려 안간힘 쓰고 살았던가
또 그 누구를 밟고 일어 섰으며
얼마나 많은 죄를 짓고 살았던가

나를 찾는다
태어나지 말았어야 할 내가 아니라
한 세상
열심히 살다 가는 순수한 그리고 어느 누군가의 기억에 남는

나를 찾는다

40

스치는 인연

살아 가면서
많은 인연이 스쳐 지나 가고
스치는 인연에서 추억을 쌓으며 살아 가지요

혹
인연에서 결실이 맺어지는 날부터
훗 날의 좋은 추억으로 오래 기억 되기도 하고요

스치는 인연
흐르는 세월에 바래어
희미하게 지워 진다 해도
한 때의 인연이라 추억되어 자리 하지요

인연에서 만남이 왔듯이
헤어짐도 있구요

어느 인연은
평생의 동반자로 동행하고요

또 어느 인연 악연으로
있었든 만 못한 적도 있겠지요
슬기롭게 좋은 인연으로 노력 한다면
생애 보람으로 남겨 들요

좋은 인연으로 삶의 끝 자락 까지
아니 다시 태어 나서도 이어 간다면 어떨까요

남촌(南村)에서 살고 싶다

새마을 운동으로 이룬 나라
근검 절약으로 살림 다진 가정
앞만 보고 달려 이뤄놓은 오늘의 터전
노력의 대가로 축복 받아 잘 살았는데
후손에게 더 나은 미래 보이지 않아 가슴이 아리네요

순리대로 살다 가면
가는 길 순탄 하겠는데

사욕에 눈 멀어 온갖 비행 밥먹듯 하고
오르는 물가 내팽개쳐 서민 들 시름만 커지고
정략에 휩싸여 외치던 애국
태극기도 짓 밟히는 현실이 안타깝네요

해 마다 봄 소식 물고 오는 제비의 본향 남촌(南村)

꽃과 벌이 어우러진 오렌지 향기
바닷가 금 모래
쪽빛 바다
그리던 낙원이 있을것 같은
삶에 지친 짐 내려 놓은
그 곳
남촌에서 살고 싶네요

나팔꽃

아침 일찍
이슬 머금고
활짝 웃는 모습으로

저녁되면 진다 해도
따스한 마음 주고파
아침 인사

넝쿨 하늘로 솟아 올라
달을 보려고
별도 따려고

이른 아침부터
세상 사 시끄러워도
웃으며 살다 가자고

아침 마다
환한 웃음
보는 이 즐겁네요

노을 아름답듯

황혼 노을 아름답듯
늙어 아름다운 삶 살다 가요

누릴것 다 누렸으니
무엇을 더 바라나요

마음 비우고
조용히 기도하는 마음으로 황혼 맞아요

황혼 노을 아름답듯
삶의 마지막 모습 아름다워지요

44

우울한 봄

봄은 오는데
새싹도 햇살 받아 하얗게 웃어 주는데

개나리도 피는데
텃새된 오리 들
한가롭게 노니는데

코로나가 온 지구를 새까맣게 덮은데다
코로나가 모든 길목까지 막아 버려

만나야 할 친구 발 길 막고
정다워야 할 사람 마저 맞아가

날씨가 화창해도
실바람 불어 와 시원해도

이 봄
그대로 지나쳐 버리겠네

봄 꽃
화사하게 피어나도

왜
나 홀로 서 있는 기분이 드는지

이 가을 가는데

황금 들판
무르익은 오곡 고개 숙여 한 사리 가고

나무 잎은 형형 색 색
이 가을 합창 하네요

농부 들 무르익은 오곡에 풍성한 햇과일
풍요로운 마음으로
심은대로 거두는데

이 가을 가는데
무엇을 심었고 얼만큼 거두려나

이 가을 가고 나면
낙엽은 지고
계절도 바뀌어
뒤 없이 세월만 흐르는데

불면의 밤

한 밤중 자다가 잠이 깨마
머리속 온통 모래성
쌓고 허무는 사이 새벽이 밝는다

나이 탓이라지만
잠이 쉬이 들지 않아
검은 밤 지새는 시간 길어만 간다

불면의 밤
뉘오네 취인지
근무기간 앞당기겠다 조이고
급여는 반 토막 밤까지 베란다

이 생각 저 생각
세상 돌아 가는게 앞 뒤 없어지고 아래 위가 뒤 바뀌는 일
어디 한 두번인가

황혼 길 서글퍼져
잠 들었다 깨는 날 부지기수
불면의 밤 늘어만 간다
잠 깨어 멀뚱한데
창 밖 밤 하늘에 초승달
졸리는 듯한 눈으로 내려다 본다

꽃은 피었다 지는데

꽃은 피었다 지는데
꽃 나름인가

꽃이 필 때는 아름답고 향기로왔지요

꽃이 지는 모습
우리를 슬프게 하네요

우리네 삶
한창 잘 나가던 시절
그대로 흘러 보내고 나면
멀지 않은 훗날
스러지는 모습
서글프게 가는 모습 흔하잖아요

그 곱던 동백은 꽃 몸통이 낙화로 떨어지고
벚꽃은 꽃잎이 한 닢 한 닢 바람타고 훨 훨
춤 추듯 날아 떨어져 청산으로 가는지

향기롭던 난 꽃
자태 그대로 간직한채 메말라 안 쓰럽게 가네요

가는 모습 나름대로 인데
우리는 제 가는 모습 그대로
즐겁게 살다가
웃음 먹은 모습 지니고 곱게 가야겠지요

내 탓

만나면
헤어짐이 왔 듯

꽃은 피어
한 때
아름다움와 그윽한 향기 있었 듯이

세월이 지나면
시들어 낙화가 되어 떠나지요

지구는 돌아 날이가고 달이가고 해가 바뀌 듯
쉬임 없이 돌아
흘러간 세월 뒤 돌림 없이 앞만 보고 가는데

사람 사는 세상
한 세상
어떻게 든 살다가
때 되면 가는것

사는 동안
마음 먹기 따라
뿌리대로 거두는데
잘 살고 못 사는거
내 탓 아니겠소

화창한 봄 날에

햇살 퍼지는
화창한 봄 날
봄별이 창밖에서 유혹 하네요

반가운 사람 만나면
안성맞춤이 졌지

매화꽃은 웃음으로 반겨 주려나
청산에서 날아 온 범나비
행여 고향소식 알려 주려는지

화창한 봄 날
봄맞이 나가면
쌓인 시름 훌 훌 털어 지리라

봄 노래에 맞추어
사랑하는 사람 더불어
둥실 둥실
춤이나 출거나

상처

몸에 입은 상처는 쉬이 아물어도
마음에 남는 상처
기억에 두고 두고 납네요

장난 삼아 던져도
급소에 맞으면 저승길인데

무심코 던진 부메랑
상처 주어
되돌아 와 상처 받게 된다오

먼 산 아래

푸르른 먼 산이 나를 부름은
못잊는 그리던 고향이
그 산 아래 있어서 이고

산 아래 동네에는
어릴적 소꿉 친구들의 추억이 있어서 입니다

높고 멀지만 먼 산에 가고 싶음은
사랑하는 부모님
자랄 때 같이 어우러지던
형제 들의 추억이 그리워서 이고
그 추억이 아직까지 가슴 깊이 자리하고 있어서겠지요

타향 살이 메마른 정에 지쳐
동네 사람들의 훈훈한 정이 그리워서 인지 모릅니다

지금도
뭉게구름 피어 오르는 먼 산에 가고 싶다면
마음의 고향이 그곳에서
나를 부르고 있기 때문에 겠지요

52

나이 탓

이 전에는 뿐질나게 전화로 안부 묻더니만
요즈음엔 뜸해 졌네요

이제는
나 쪽에서 안부 전화 걸면 문자만 뜹니다
「화의 중이니 나중에 전화 드리겠습니다」

그러고는 연락이 없네요

서운한 마음 가지지 않지만
나이 탓이라
세상 사는게 그런 거 겠지
위안 삼고 넘길 수 밖에요

나이 들어 시간도 많아지겠지만
여기 저기 안부 전화 걸게 되네요
이 또한 나이 탓이겠지요

멋진 인생

사계절이 있어 해 마다 꽃이 피고 지고
덥고 춥고 되풀이 되면서 강산이 변 하는데

우리 인생에는 계절이 없이
한 번 가 버린 세월은 되오지 않네요

철 없던 시절 그대로 지나치면
철 들과 노인되어 후회로 남구요

어른들 옳으신 말씀 귀에 거슬리던 때 엇그제 인데
말씀 듣고 일찍 철 들었으면
사람 노릇 하다 갈텐데
잘못 철 들어 도리할 수 없는 죄 짓고 나면
그 인생   추락을 거듭하다
사람 구실 못 하고 생을 마감하는 사람 허다 하지요

기왕 태어 났는데
멋 지게 한 세상 살고 가는게 어떤가요
부러워 하지 않더라도
돈은 많은데 욕먹고 살아 간다면
인간이 불쌍 하잖아요

하고 싶은 일 하고
놀고 싶은 때 제대로 놀고

사람 사는거 마음 먹기 나름입니다

사람 답게
멋진 인생 살다 가요

오늘의 아침

먼 동이 튼다
새 아침이 온다

어제는 가고
오늘의 아침이 밝아 온다

오늘은
보람 있는 일
즐거움 줄 수 있는 일 찾아 보자

어제의 전쟁은 영원히 묻어 버리고
오늘은 어제 보다 더 나은 삶

찾아 나서면
분명히 찾고 싶은 거 찾아 지리라는 희망을 품자

먼 동이 튼다
새 아침이 밝는다

어제는 가고
오늘의 아침이 시작된다

오늘의 아침
즐거운 마음으로 새 출발 해 보자

그리움

그리움

먼산 바라보고 멍 하니 앉아 있노라면
가슴 깊은 곳에서 피어 오르는 물안개

어제는 잊었는데
오늘 다시   생각나는

잘라도 뿌리 까지 잘라 버렸는데에도
어느새 곁에 와서 서성이는

어쩌면
살아 있는 동안 붙어 다니는 그림자인가

소가 웃는다

요즘 세상 돌아 가는 꼴
헤벌레 침 흘리며 소가 웃을 노릇이다

오뉴월 메뚜기 철도 아닌데
메뚜기 보다 못한 미물인가

진돗개가 대선 출마 하더니
동네 누렁이도 출사표란다

출마 자유라지만
국민을 우습게 보는 거 아니면

이름 석자 올리려
남이야 뭐라거나 말든
내로남불의 대표주자 아닌가

세상 돌아 가는게 한심해
소도 웃을 노릇이다

소가 웃겠다

존재의 이유

살아 있음을 기뻐함은
당신이 곁에 있어서 이고

살아 있음을 감사함은
당신의 사랑으로 삶에 보람을 느끼기 때문입니다

당신에게 즐거움이 된다면
무슨 일이든 마다 할 이유가 없지요
그 일이 내게도 즐거움이니까요

당신이 살아 있는 동안
나 또한 살아 숨 쉬어야지요

당신이 내게 주는 사랑 감사 하면서
나 또한 당신의 행복해할 일 찾고 있답니다

내가 오늘도 존재함은
당신의 헌신적인 사랑과 따뜻한 마음 감지하며
내가 당신을 향하고 있기 때문입니다

한 올의 결실

한 올
한 올의 자수
호롱불 밑에서 긴 밤 지새워

한 올
한 올에 땀방울 배여
꽃이 피고 나비도 날았고요

한 올의 땀방울
어머니의 한숨도
그 뒤에 기쁨도

이제는 지나버린 옛 이야기

먼 훗날
오늘이 되어
어머니의 그 한 올에 흘린 땀방울이
오늘의 우리로 키운 결실이 되었지요

아침 인사

창 밖이 훤히 밝는다
무덥기 전
탄천가 산책 길 나선다

키 보다 훌쩍 커버린 갈대 숲
밤 사이 내린 이슬이 햇빛 받아 영롱하고
갈대 줄기 휘감아 타고 오른 모래 꽃
해맑게 웃으며 아침 인사를 한다

아내와 손 잡고 나란히
오 가는 사람과도 눈 인사

흐뭇한 마음
아침 인사로
기분 좋은 아침이 열린다

오늘

오늘
오늘의 소중함은
훗날의 추억이 오늘에서 비롯되기 때문이지요

오늘의 일과는 훗날의 타임캡슐이 될테니까요

오늘
세월 어느 순간의 24시간
한 일 들이 추억으로 쌓여
황혼 길 거울속에서 추억으로 되새김 되거든요

사랑하는 사람과는 좋은 추억을
친구 만나 마주 앉아 정담을

보람 있는 일 찾아
멋진 오늘 만들어 가자구요

오늘을 소중하게
멋진 하루가 훗날의 씨앗되어
좋은 추억으로 거두어지요

오점 (汚点)

완성된 작품에 먹물이 튀겨
오점으로 작품가치 훼손 하듯

한 점 부끄럼 없이 사는 삶
우리에게는 바램이 깊는데
살다 보면
흔히 작은 실수가 삶에서의 오점으로 남지요

사욕에서 비롯한 오점은
가슴속 깊이 응어리 지게하는 삶
죄 자음이지요
때로는 엄청난 고통을 주기도 합니다

오점
그림자 처럼 사는 동안 따라 다님을 아시나요

덕구 온천 길

매미 한창 울어 댈 계절
덕구 온천 길

길가에 줄지어 핀 배롱나무꽃 본적 있나요
동해 시원한 바다 바람 먹고 자란 백일홍
오랜세월 간직한 속내 활짝 털어 낸 자연의 걸작
붉게 피어 웃는 모습
그 동안의 세상 시름 잊게 하네요

그 옛날 임금인 세조께서도 다녀 가셨다는
덕구 온천

온천 물에 세속 묻은 먼지 치운 죄 깨끗이 씻어 버리고
훌훌 털고
홀가분한 기분으로 돌아 오는 길
분홍 빛 백일홍 도열 받아 보셔요
세상 온통 내것인 것을

가까운 길은 아니어도
드라이브 길로 그 값어치 넘치요
오는 길에 불영사 계곡을 지나다 보면
자연속에 푹 빠져 버리지요

풀 피리

강 가에 앉아 부는 풀피리
삘 삐리 삐리

강물 되어 흘러간 세월 속
고향 집
철 없던 어린 시절 그 시절 그리며
소꿉놀이적 순이가 강물 건너에서 손짓 한다
끌 삘 삐리

오늘따라 이럴적 동무 생각 간절하구나
객지 떠돌이 삶에 찌들어
고향 못 가본지 오래
먼저 간 친구 그립다
삘 브리리

지난 젊은 시절 간곳 없고
엊그제 젊던 친구 였는데
어지럽고   기운 없던 콧만 귓가를 맴돈다
삘 리리리

세월 잘 맞나 오래도 살았다
아직 갈 길 먼데
어떻게 살다 가야 하나

즐겁게 살다 가자
최선을 다 하자
끌 삐리 삐리

가을이 오는 소리

달 밤
풀섶 귀뚜라미 노래에서
반가운 손님이 배시시 사립문 열고 들어 오듯

초승달 그림자 꼬리 길게 희미해 질 지음
기러기 울어 줄지어 날아 오면서
가을의 서곡이 지요

지루하고 무더웠던 복 더위 뒤
잠자리 한가로이 하늘을 날아 돌고
갈대의 막 핀 더벅머리
바람에 나부끼고

논 두렁에 심은 콩 주렁 주렁 매 달리고
여름 내 땀 흘린 결실
뙤약볕 받은 오곡은 익어 고개 푹 숙이지요

바람 결에 코스모스 춤 추는 소리에서도
가을이 오는 소리 들리네요

형

다정한 이름
매달리고 싶은 이름

메마른 세상
위안이 되는

투정도 받아 주고
어리광 피워도 편견 같은

잠 오지 않는 밤
칭얼대면
자장가로 잠 재워 주는 형

매 맞고 들어 오는 아우
씻겨 주고
힘이 되는

형
형이 그립다

한 가위

팔월 보름 중추절

땀 흘려 가꾼
햇 곡식 햇 밥에

송편 빚어 먹고

보름 달

앞 동산 달 마중

옹기 종기 모여 앉아 송편 빚던
고향 생각 친구 생각 엄마 생각 눈에 선 하네요

아들 딸 찾아 와
온 가족 함께 한 밥상
대견 스럽고 뿌듯한 마음

세월 흘러 가버린
미수의 한 가위 맞으니
더 없이 풍성한 축복이지요

아 가을

하늘은 높 푸르고
잠자리 파란 하늘 맴 도는데

은물결 으악새
바람타고 하늘 하늘

아 가을인가

노랗게 물든 은행 잎 떨어져
물 길 따라 흐르니
어느새 가을이 멀리 떠내려 갔네

이 가을
어제 만난 친구
오늘은 가은없어 병원에 갔다 왔다나
만년 청춘 일줄 알았는데
나도 몰래 늦가을로 접어드니
황혼 길

늙어 허전한 마음의 곡간
이 가을에는
무엇으로 채워야 하나

인생은 멋지게

가진것 없어도
부자는 아니어도

기왕 여기까지 왔으니

사는 동안만은
가슴 활짝 펴고

남은 인생
한 번 멋지게 살다가요

멋지게 설계하고 재미나게 실천하고
지금 세상 노력만 한다면
먹고 사는 걱정 없잖아요

더 바라지도 말고
있는 것 만큼
있는 거 가지고
있는 그대로
탓 하지도 말고

내 인생인데
한 번 태어나 가는 인생
멋지게 살다 가자구요

친 구 야

맘 놓고 뛰어 놀던
철 없던 어린 시절 아득히 흐른 세월

한 동안은
동반자 이면서 경쟁의 대상이기도 했던 사회생활 거쳐
산전 수전 다 겪은
이제는 황혼의 뒤안 길 동행인

아래 위 관계는 아니고
가진자 없는자 가릴 처지도 아닌
무식하고 박식을 떠나
격이 없는 친구인데

만나면 반갑고
생각나면 찾게 되고
이따금 만나 정담 나누고
막걸리 한 잔 걸치면
온 천하 내것 같은 막연한 사이

세파에 찌들어
얼굴에 주름살 강이 되어 세월을 알리고
머리는 파뿌리 흰 수염 살아 온 역사 만들고
젊었을적 패기는 세월에 쏠려 희미하게 비치고
한 걸음에 달려 왔던 어려운 일 들은 아득히 과거인걸

남은 인생
건강해서 자주 만남만이 간절한 소망일 뿐

친구야
범나비 따라 청산에나 같이 갈꺼나

세대 차 (世代差)

나이 차이는 평행선인데
아득히 멀어져가는 세대 차

인공위성을 경쟁적으로 띄우는 시대에 살면서

뒤처진 생각으로
세상 살다 보면
배운 사람과의 사고 차이가
멀어지는게 당연한데
격세지감(隔世之感)에 놓이게 되네요

배우고 연주하고 연구해야 제 구실하는 세상에 살면서
나이만 앞세우다 보면
딴세상 삶으로 밀려 버리는 것을

무지가 세대 차를 벌어지게 하는데

세대 차 좁히려면
그 세대에 맞는 노력만이 처방이 겠지
나이 들수록 더 배우고 노력하라는 뜻이 겠지요

시한부 (時限附)

시한부
마지막 작별의 의미

우리 삶은 모든 일이
시간에 얽메이면 시한부 인생이 됩니다

맡은 일 종료되어 손 놓으면 그 후가 기약없는
시한부 삶이 되지요

나이가 땟에 연말까지만 일하라면
통고 받은 날 부터 시한부 인생의 시작이고요

말기 암 환자의 6개월 선고
가장 비참하고 참담한 시한부가 되기도 하지요

내 인생
나 만의 삶인데
나이 먹을 수록 인상 닥치는 일이어도
하루를 살더라도 삶의 의미 되새겨
한 번 사는 삶
내일 가더라도
허무하게 무너질 수는 없잖아요

사는 순간까지
사랑다운 삶 살다 가는거 어떠시오

72

가을이 가는 노래

가을이 뒷 마루에도 걸치지 않았는데

땀 흘려 농사 지은 오곡 백과
다 익었다고
속이 꽉 찼다고 고개 푹 숙였고요

황금 들판의 벼 이삭
가을 햇빛 받아
살랑 살랑 소리 내며 바람에 춤을 추고 있네요

강 먼거리에 핀 억새꽃
바람 타고 은빛 물결

귀뚜라미 울다 지쳐 기러기 응원 부르고요
가을 저 만치서 겨울이 손짓하고 있네요

울긋 불긋 물든 단풍 잎
바람 불어 우수수 떨어 질 무렵
가을이 가는 소리
오솔 길 따라 연인 들의 낙엽 밟는 소리
낙엽은 흩 날리며 어디론가 떠나는 소리

아 가을   이 가을
가을이 가는 소리

가을이 가는 노래

석 양

맑갛게 붉은 해 서산에 걸쳤다 잠기고 나면
오늘도 할 일 무사히 마감하고
감사 하면서 하루가 갑니다

농부들 황금 들판 하루 일 마치고 집으로
길 가 노오랗게 핀 들국화
석양 받아 바람에 나부끼네요

산 새들 둥지로 날고
호랑나비 산 넘어 쉼 터 찾지요

붉은 석양
아름다운 노을 마저
서산에 잠기면
하루가 저뭅니다

74

달 밤

휘영창 달 밝은 밤
긴 달 그림자
님이 신가

바람이 창틈 문풍지 울리네
님의 노래인가

가랑 잎 바람 불어 날아 오네
님의 소식인가

창 밖 달 밝은 밤 거리
행여
반가운 손님이라도 오시려는지

가고 싶다

어딘가

바람 따라 날아 갈까
물 길 따라 배 타고 떠날까

구름 따라
따옥이 우는 해뜨는 마을
아니면
강남 제비 한가로이 날아 노니는 먼 남쪽 나라

무료해 지는 시간
꿈 길면 헤매는데

어디엔가 가고 싶다

사랑하는 아내와 손 잡고 떠나면
어디에나 갈 수 있는걸

즐겁게 살다 가야지

왜 살지
목숨 붙어 있으니 살아야지

살아 있으니 움직이고

살아 있는 목숨 죽을 수는 없잖아
사는 날까지
살아 숨 쉬는 시간까지
무엇인가 해야겠지

보람 있게 살다 가야지
무엇인가 남겨 놓고 가야잖아

기왕이면
후회 없는 삶으로
즐겁게 살다 가야지

만추 (晩秋)

오솔 길 화려 했던 단풍 잎
바람 불어 한 잎 두잎
소슬바람에 단풍 잎이 눈꽃 처럼 우수수 떨어져 쌓인다
가을이 떠나겠다는 인사 인가

추석 전이 끝난 황량한 들판을 꾸저들이 가로 지른다

짓궂은 바람에 몸살 앓더니
몇 잎 남지 않은 단풍
마지막 잎새까지 떨어져 날면서 가을이 간다

늦 가을 인가 싶었는데
첫 눈이 내린다는 일기 예보

단풍 구경 얼그제 인데
단풍은 지고
낙엽은 바람따라 정처 없이 떠나고 나면
만추도 서산을 넘고
겨울이 마중 나오겠지

78

꿈과 추억

젊어서는 꿈을
늙어 가면서 젊어서의 꿈이 추억으로 되새김 되네요

거울에 비치는 황혼 길 모습
살아 온 삶이 물 안개 되어 피어 오르지요

씨는 뿌린대로 거둔다는데

아름다운 꿈에서
아름다운 추억으로 꽃 피듯

아름다운 추억이 많은 삶
축복 받은 삶이 지요

79

즐거운 삶의 시작

어제 밤도 무사함을 감사하면서 아침을 갖는다

아내가 끓여 준 따스한 차 한 잔

햇살이 창 밖에서 비쳐든다
귓가를 스치는 잔잔한 음율

지긋이 눈 감으면
고향의 자주 모르 내리던 앞 동산
반갑게 맞아 주시던 어머니의 미소가 떠오르고
골목 길
신작로 길가의 순이네 집
소꿉 친구들

음율에 귓가를 적시면서
즐거운 아침이 열린다

즐거운 삶이 시작 된다

내일

손이 닿을락 말락
머지 않은
아주 가까운 뒷 날
내일은 항상 내일로 이어 갑니다

오늘 못다 한 일
내일로 미룰수 있고
오늘이 힘 겨워도 참고 견딜수 있어
내일은 희망입니다

오늘 헤어져도
만남을 기약할 수 있는 내일

내일이 없다면 암울한 삶에서 벗어 날
희망도 없겠지요

오늘 일 오늘로 마무리 하고 오늘이 지나면
산뜻한 내일을 맞을수 있을테니 까요

저 하늘에 별들이

창공의 수 많은 별

은하수 건너 더 많은 별

작은 별
큰 별
남쪽나라 십자성
북두 칠성 그리고 북극성

별 중에
내 별
당신 별
그리고 우리 별

별 빛 빛나는 밤 하늘
한 세상 살다가 은하수 건너면
별이 되려는지

창공의 무수한 별

구름이 바람 따라 하늘을 날으다
구름 사이로 별 벗이 가물 거린다

병상의 친구에게

안동 국시가 좋다고
어쩌금 만났던 친구

노년에 친구가 그립고
만남이 좋아 만났는데

갑자기
쇠약해 지더니
병상에서 일어나지 못한다는 소식 접하니
서글퍼 지는 마음
황혼 인생 걸이어서 인가

대신 해 줄 수 있는 일
아무것도 없어
안타까움 만 앞서네

전화로 소식 만 물어 보는 수 밖에

친구야
빨리 차고 일어나 율동공원에서 만나자
오는 길에
안동국시도 먹고

83

기다림

물안개 넘어 희미한 그림자 다가올것 같은

철길에 귀 얹으면 기차 오는 소리

가슴 조이며 밤 지새워 먼동 트기 기다리 듯

겨우내 추위에 움추렸던 꽃망울
살포시 잠에서 깨어나 듯

시간이 되면 어련히 와 주는 것을
안달 하는 그 마음

행여
길 잃고 지나처 버리지 않았을까 하는 조바심

기다림

먹구름 속
천둥 번개 치며
소나기라도 한 차례 지나가면 후련 하겠네

하루 해가 저문다

오늘 하루 해가 저물면
영원히 과거로 묻히고

내일이 오늘이 되고
쳇바퀴 돌 듯
날이 가고 달이 가고 해도 지고
이어 한 달 두 달이 가면서 한 해도 절로 가지요

한 해가 지나 버리면 한 살 더 늙어 가는데
늙어 가는거 서러운게 아니라
한 일 없이 세월 가는데 아쉬움만 더 하네요

오늘이 가기 전에
무엇인가 해야 잖아요

자정이 오기전에
못다 한 일 없는지

오늘 하루
한 일 없이 저물면
허송세월 아닌가요

바다가 고향

산골에서 태어 났어도
바다가 고향이 되었네요

바다가 인연이 되려는지
해군으로 준 복무 보람 있게 마쳤고

일 터 또한 바다이고 보니
바닷가로 갈 뭘 자자졌지요

푸른 바다
탁 트인 수평선 나르는 갈매기
파도가 출렁이는 흰 모래사장
마음도 확 트이네요

어부에겐 만선의 꿈이 바다에 왔고
해녀에게는 풍성한 해산물의 헛 밭이기도 하지요

일 터인 바다
항 포구의 안전을 책임 지지요
방파제와 부두의 설계 감리 그리고 건설
전문기술이라 어려움 많고
힘들어도 일을 보람으로 늦었고요

폭풍해일이나 백중사리
바닷물 침수 피해 막아야 하고
항 포구의 안전이 사명이 랍니다
60여년 바다와 더불어 살다 보니
이제는 바다가 고향이 되었네요
고향이 된 바다
항 포구 인근 명승지의 볼거리
풍성한 입맛 당기는 먹거리 해산물

86

삶이 힘들 때
한적한 바다가 그리워져
가끔은 고향처럼 바다를 찾고 있답니다

바다가 고향이라서 인가요

아침에 차 한 잔

아침 상 물린 뒤
따뜻한 차 한 잔

마음만큼이나 따스한 차
차창에 스치는 풍경처럼
지난 날들이 머리속을 스치네요

마주 앉아 주고 받는 말 없어도
잔주름속에 배여 있는 수 많은 지난 날의 사연들
흰 머리칼에서 세월의 무상함을 보지요

아침에 마시는
따스한 차 한 잔
말은 안 해도
수 많은 대화들이
찻잔의 따스한 김이 모락 모락 이야기 되어 피어 오르네요

당신
그 동안 고생 많았지
오늘의 이 편안함
지난날의 고생한 보상이고요
오늘의 이 축복 감사하며 산다오

남은 날 들
살아 숨 쉬는 그 날까지
아침의 차 한 잔 만큼
따스한 삶 살자구요

88

민들레 추억

햇빛 내려쪼이는 들판에 핀 민들레꽃
햇볕 받아 노오랗게 빛이 나는 꽃잎
산넘어 불어 온 바람 받아
하늘 하늘 꽃잎 춤 추네요

흰나비 잠시 앉았다 간 자리
어린아이 고사리 손이 꽃잎 쓰다듬고

노랑나비 꽃잎에 앉았는데
꽃샘 바람에 쫓기어 이내 자리를 뜨고 마네요

개구쟁이 사내 아이
꽃잎 마구 훑고 지나가다 홀씨 앞에 멈춰서네요

순이와 덕이
홀씨 꺾어
바람결에 불어 날리고요
두둥실 하늘로 날아 오르는 홀씨
바람따라 어디론가 날아 가고
어디쯤 날아가 예쁜 꽃으로 다시 태어 나겠지

"멀리 날려 보내는 사람 이기는 거야"

"홀씨 심어 보자"
"내년에 누구꽃이 더 예쁘게 피는지 우리 꼭 와서 보자 응?"
"응 꼭"

강 바람이 불어 오자
노오란 민들레 꽃잎이 바람에 나부낀다
세찬 바람 불어 와 민들레 홀씨
두둥실 하늘을 난다

낙화

엊그제 피어 날 때 화려했던 모습에
부러워 했던 기억 가시지 않았는데

그새
지는 모습에 마음 서글퍼 지네요

지나고 나면
잠깐인 삶인데

얼마나 더 잘 살겠다고
가슴에 상처주며 챙기는 심뽀

낙화 같은
지고 나면 한 살이 끝나는 것을

가을에 쓰는 편지

가로수 잎사귀에
가을이 내려 앉은지 엊그제 인데
소슬 바람에
단풍은 우수수 낙엽되어 떨어지네요

낙엽 바람 따라 떠나고 나면
가을은 깊어
겨울이 문 턱에 다가 오겠지요

사랑하는 사람 당신과
이 가을 다 가기 전에
낙엽 밟으며 오솔 길
손잡고 거니며
추억 되 찾고
또 추억 쌓아야 겠지요

인생에서 남을게
아름다운 추억이 잖아요

나이 들면 외로울 때
지난 날의 아름다운 추억 되 새기며
추억속에 살아야 하거든요
언젠가
우리도 낙엽 따라 가야 하는데

새해 아침

한 해가 가고
새해 아침 밝는다

새해에는
새로운 각오로 출발 해야지

지난해 못 다한 일
새롭게 시작하는 일
이루고자 하는 일
새 씨앗 뿌려 거둬야지

새해에는
남은 인생
더 즐겁게 살아야지
이웃과 더불어 멋진 삶 살아야지

상쾌하게
아침 해가 밝아 온다
기분 좋은 아침

희망 품고 새롭게 출발 하자

넋 두리

시를 쓴다는 핑계로
넋 두리가 절반은 넘네요

혼자 하는 말

힘든 세상 사는 거
넋 두리라도 하고 나면 속이 시원해지잖아요

마음에 담고 왔느니
넋 두리라도 하면서 풀고 살아야지요

넋 두리인줄 알면서도
한 줄 쓰고 나면
한 결 후련해 지지요

넋 두리라도 좋으니
즐겁게 살다 가자구요

행복으로 초대 받은 삶

오래 사는 삶 결코 행복한 삶은 아니잖아요

어쩔 수 없이 산다 하더라도
고통속에 산다면
그 삶
행복한 삶이라 할수 없겠지요

인명은 재천이라 했던가

스스로 만들어 가는 삶인데

명이 길어 오래 살게 된 삶
기왕이면
즐겁게 살고 즐기며 사는 삶이
축복 받은 삶이 겠지요

태어나
살다 가는 인생
즐거움 만들어 살다 가자구요

즐겁게 산다는 거
행복으로 초대 받은 삶이지요

3부. 최선을 다 하는 삶

최선의 의미

땀 흘린 대가
노력하는 만큼 수확을 거두는데

최선을 다 하는 삶에서
삶의 보람도 맛보게 되고요
최선을 다 하는 삶에는 후회란 없으니까요

최선을 다 해 사는 삶 아름답게 보이듯
여한이 없는
한 일 최선을 다 하는 모습
거기에 사람 사는 참다운 삶의 의미가 있습니다

최선을 다 하는 삶
사는 보람이 보상으로 돌아오지요

최선을 다 하는 삶의 의미
이루고자 하는 일 들의 결실을 보는 희망이기도 합니다

삶이 힘 들어도

아무리 어려운 일이
나를 힘들게 하여도

내가 저지른 일이라면
죄 값이라 여기고
시간이 흐르면 치유 되나니

아무리 어려운 삶이
나를 힘들게 하여도
내일을 바라 희망 속에
앞 만 보고 노력하며 조금씩 나아가면
일어 서나니

절망으로 주저 앉아
노력도 없이
이웃만 원망 한다면
하늘도 외면 할 것인 즉

대처 하기 나름
마음 먹기 따라
견디고 이겨야 승자가 되는 것을

저녁 기도

오늘 하루 무사히 지나
지는 해 붉은 노을
즐겨 보게 되어 감사 합니다

하루 세 끼
거르지 않게 주시었고

새벽 부터
손수 운전 장거리 현장 출장
하루가 힘 겨웠어도
아무에게도 가슴 아픈 일 없이 마치고
사랑하는 아내에게
무사히 돌아 오게 되어
오늘 하루도 감사 합니다

내일이 다시 오더라도
더 사랑을 주고
사랑 받는 날 되게 하소서

멀리서
저녁 예배당 종 소리
바람 타고 귓 가를 스치네요

나를 부른다면

나를 불러 준다면
잽싸게 그 자리 채워야지

이 몸이 필요로 한다면 몸으로
따스한 마음을 바란다면 가슴으로
살아 오면서 쌓은 경험과 지식
갈고 닦은 전문기술까지도

이제 늙어 가는데
덧 없이 흐르는 세월
지나가 버리면 모두가 부질 없는 거

나를 찾아 주지 않을
그 때는
늙어 쓸모 없는 고목 (古木)인걸

나를 필요로 한다면
더 늙기 전에
아니 늙어서라도
있는 힘 다 하여 달려 가
그 때를 감사하고
최선을 다 해야지

어차피
마지막 갈 때는 빈 손인데

행복이란

사랑하는 사람과 다정히 차 한 잔의 기쁨
자식들 옹기 종기 모여 앉은 저녁 밥상
베풀어 주는 따뜻한 이웃 인심

받은 정내 여러 해 넘도록
전문지식으로 윗자리 까지
이 모두 축복이며 행복이 지요

돌아 온 탕자를 맞아 주는 아버지의 그 마음도

행복은
거저 주는데 갖지 못하면 불행이구요

행복
행복은 마음 먹기 나름인데

일은 행복

할 일 없다는 거
삶을 힘들게 하지요

무료한 세월 더디게 가잖아요
외로움 또한 가슴속 깊이 파고 들고요

소일 꺼리가 없다면
고독한 삶
하늘만 원망 하겠지요

일 있으면
활력이 넘치고
일 하는 매 순간
일에 파묻혀 시간 가는 줄 모르는데

늙어서도 일이 있다면
축복받은 행복한 삶이지요

할 일 없으면
아무 일이나 만들어 보셔요
일이 삶에서 무엇보다 중요 하다고 느낄 때
일 찾아 보세요
찾으면 찾아 진답니다

일이 있을 때
일이 힘들어 일 하기 싫다는 말 마셔요
일이 행복이 란 거
지나 보아야 뒤늦어 안다지만

102

일 있을 때 감사하고
열심히 일 해야죠

대가로 곡간   가득 채워준답니다

나그네 꽃

봄의 상징 개나리꽃
꽃피는 계절 잊은건 아니리라

꽃이 피고 잎사귀 나는 앞뒤도 뒤없고
잎이 무성하다 못해 햇볕에 익어 단풍색인데
잎사귀 사이 해질고 피어 난
철 잊은 개나리꽃

돌담 길 잘못 찾아 낯선 동네
길 잃어 나그네꽃 되왔네요

억새 은물결 치는 가을 하늘
기러기 때 줄지어 노는 계절인데

길 잃고 피어난 나그네꽃

지난 봄이 너무 그리워
잠 길 헤메다 나그네꽃 되었나요

길 잃은 꽃도 꽃이거니
마음 설레게 하네요

별 꽃

봄 나들이 길 가에
잔 잔하게 웃어주는 무수한 꽃
하늘의 별 만큼이나 많아
별 꽃이라 이름 지었네

내 별
당신 별

별 보다 더 많을
그 꽃 중에 있을

내 별
여보 별

바람 결에 나부끼는
옹기 종기
다정스런 모습
쌓였던 시름
꽃 속에 잦아드네

일과 마무리

시작이 중요해지지만
끝장의 마무리에서 그 일의 평가 받잖아요

태어나는거 부모의 뜻인지 몰라도
가는 일은 하늘의 뜻이랍니다

사는 동안
숱한 일들 겪는데
마무리만은
책임지는 자세로
뒷손 까지 봤아야지요

뒷말 남기는 일
서글픈 이야기로 남아
손가락질 받습니다

일의 마무리
내 손에서 끝내자구요

노인

허리 구부정
발은 종종걸음

동행인 노인 모습
나 만은 아닌것 같은데

어느새 세월에 빼앗겼나
젊던 시절 엇그제인데

저기 저 노인
바로 내 모습이네요

누군가에게 편지 쓰고 싶을 때

누군가에게 편지를 쓰고 싶다면
안부 적고 정다운 말 담아
풍선에 달아 가을 바람에 날려 보내자

어딘가에 훌쩍 떠나고 싶은 때엔
어릴적 그 시절 찾아
노오랗게 핀 국화 옆에 앉아
그 시절 고향을 그려 보자

이제는 지척이 된 고향 길이어도
먼저 가 버린 어렸을적 친구들
막다른 골목 길 순이네 그 집도
고층 아파트 숲에 묻혀 흔적 오간데 없어졌거늘

허전한 마음 지친 육신
시골 골목 길 주막에 앉아
빈대떡에 막걸리 한 사발
밤새 퍼 마시면 쌓였던 응어리 풀어 질까

감사하는 마음으로

일상 생활에서
감사하며 살 일 얼마나 많은지 아시나요

아침에 잠에서 깨어 일어나
상쾌한 기분으로 아침을 맞는다면
생각 나름 감사한 마음일 수 있지요
따뜻한 아침상 차려주는 아내가 있어 감사하구요

아내와 손잡고 텃천을 산책하면서도
사랑하는 아내가 곁에 있음을 감사 합니다

늙어 친구 들 있고
그 친구 만나 정말 나눌 수 있어
이 또한 감사 합니다

감사하는 마음으로 살아가는 동안은
세상살이가 기쁨이구요
기쁨이 쌓여 행복한 삶이 되지요

오늘 하루 무사히 지내게 해 주셔서 감사 합니다

황혼 길 기도하는 마음으로

살다 보면
일에 시달리며 숱한 죄 지으며 살잖아요

살아 온 동안
알게 모르게 지은 죄

늙어 황혼 길
속죄하는 마음으로 조용히 기도하며 살고 싶네요

누군가에게 가슴 아프게 했다면 용서 받고
또 누군가에게는 축복을 기원하며
그 동안 삶이 힘들어 원망했던 사람들에게는
미안한 마음으로

해질 무렵 붉은 노을 너머
은은히 들려오는 종소리

사랑하는 사람과도
살아 온 삶 감사하며
황혼 가는 길
기도하는 마음으로 살으렵니다

난 향 (蘭香)

새 직장
새 책상 위에 보내 온 난분 (蘭盆)
사뿐히 내려 앉은 꽃 나비 꽃

은은히 스며 퍼지는 향기
코끝을 싱그럽게 하네요

남쪽 나라에서 날아 온 향내인가
별 나라에서 내려 앉은 꽃 내음인가

세상살이 힘 겨운데
향긋한 난 꽃 향기
시름 잊어 드네요

미수(米壽)의 자화상

일제 말엽 6.25동란
어린시절 배고파했던 한 많던 보릿고개

헛바퀴 돌듯 살아온 긴 세월
뒤돌아 볼 틈 없이 달려온
삶에 찌든 황혼 길의 노인

그래도
사랑하는 아내 늘 곁에 있어 고맙고
아들 딸 잘 있어 흐뭇하오
정담 나눌 수 있는 살아 있는 몇몇 친구
이따금 만나 외롭지 않아 여생이 즐겁네요

해가 바뀌기 거듭하며
찾아 온 미수(米壽)
팔십 팔세

오랜 세월 갈고 닦은 전문기술 인정 받아 목에 건 훈장
아직도 불러주는 직장 오 가며
쌓은 경험 되 살리니 보람 있지요

얼마 남지 않은 삶도
최선을 다 해 살겠다는
황혼 노을의 뒤안 길에 서 있는 노인

열심히 살아 온 삶에 감사하며
흐뭇한 미소 머금은
미수의 자화상을 보네요

정월 대보름의 기원

동산에 올라
솟아 오르는 정월 대보름 달맞이

달님 달님
정월 대보름 달님

온세상 고루 비추사

코로나 난국
살얼음 정국

달빛 환한 웃음으로
부럼 먹고 부스럼 막아 주듯
쥐불에 인류 액 모두 타 버려 살아지게 하시고
횃불에 살라져 저구 밖 멀지 날아가게 하시고
다리 밟을 때 밝혀 소멸 되게 하소서

달님 달님
정월 대보름 달님

밝고 온화한 달빛 비추사
안녕 누리는 정다운 삶의 세상 되게 하소서

훗 날에

훗 날에 좋은 추억 되새기고 싶다면
지금도 늦지 않았으니
아름다운 삶 살아야지요

훗 날에 행복한 노후 누리고 싶으면
젊어 흘려 보내는 그 많은 시간
씨 뿌리고 가꾸어
농부의 가을 걷이 풍성한 결실 거두는 기쁨으로 살아야죠

훗 날에 평안한 삶 누리려거던
사는 동안 남의 가슴에 비수는 꽂지 말아야겠지요
그 칼 날이 훗 날 나에게 꽂히거든요

훗 날에 외롭지 않으려면
젊어 진정한 우정의 몇 몇 친구 사귀어 놓아요
서로가 따뜻한 말 한마디 주고 받으면 위안이 되잖아요

훗 날에 편안히 가려거던
젊어 부터 사랑하는 사람 손 잡고 다정하게 살다가
조용히 기도하는 마음으로 늙음을 보낸다면 어떨까요

114

마음은 항상 그 곳에

몸은 이 곳에 있어도
마음은 항상 그 곳에 머뭅니다

마음이 항상 그 곳에 머물고 있음은
어린시절이 그 곳에 있고
어머님의 따뜻한 품안의 추억이 그 곳에 있어서이고
소꿉친구 들의 영혼이 그 곳에서 맴돌고 있어서겠지요

비록 몸은 이곳에서 살고 있지만
마음이 항상 그 곳에 있음은
죽어도 잊히지 않을 추억이
그 곳에서 지금도 손짓하고 있어서 일겁니다

마음이 항상 그 곳을 향함은
늙으면 가는 곳이
그 곳에 있어서 인지 모르겠네요

나무는 늙어도 꽃이 핍니다

사람은 늙으면 꼬부라 지고 서들어 저무는데
나무는 나이 들어 먹고 늙어 가면서
계절 따라 나이와 상관 없고
나름대로 아름다운 꽃 피워 벌 나비 쉬었다 갑니다

마음의 꽃 피우는 아름다움 지니고 살아 간다면
몸은 늙어 가더라도
저녁 노을 붉게 물들 듯
가는 길 꽃 길이 되겠지요

후회 없는 삶
부끄럼 없는 삶으로
늙어 향내 풍기는 꽃
진정 황혼의 아름다운 마음의 꽃 피우는거 잖아요

시간이 돈인데

시간
잘 쓰면 돈이요
못 쓰면 지나치는 세월이지요

옛 어른 말씀
젊어 고생 사서 하라였는데

아직도 늦지 않았으니
돈이 되는 삶으로 살아 가야죠

능력에 따라
노력하는 만큼
시간이 돈이 되지요

젊어 열심히 노력하여
걱정 없는 삶 살다 가야죠
노후 초라한 삶 생각만도 서글프잖아요

사는 보람

사람 사는 게 별거냐구요
잘 살고
못 사는거
마음 먹기 나름인데

누구에게 부탁 하고
그 부탁 받아지면
그것도 사는 보람이지요

세상 사는게
쉽지 않다지만
보람을 느끼고 산다면 행복이고요

평소에
어떻게 살았는지는
대해 주는 태도에서 바로 답이 나옵니다

조그마한 보답에서도
사는 보람 누리게 되지요

세상 삶에서
배풀고 산다면
보람으로 응답이 옵니다

118

행복한 삶

당신은 태어나 살아 온 동안
몇 번이나 행복한 삶 느껴 보았나요

아니면
몇 번을 불행하다 생각 해 보았나요

사랑하는 사람 곁에 있고요
동행 까지
축복이 지요
지금 삶 행복 합니다

먹고 싶은 것 없어 풍족 하지요
갖고 싶은 거 또한 없어 만족 하고요

하고 싶은 일 다 못해 흠은 되겠지만
아직도 불러주어 할 일 있어 삶에 보람을 느끼지요

여생
살아 가는 동안
얼마 만큼 행복한 삶일지는 모르더라도
최선을 다 하고 살아 가는거 행복한 삶 아닌가요

멀리서 찾지 말자구요
행복은 항상 우리 삶 곁에서 맴 돌고 있으니까요

119

행복 찾기

행복하게 살고 싶겠지요

즐겁게 살다 가고 싶잖아요

살다 보면
즐겁지 않은 일 더 많은게 현실입니다

손 놓고 있어야 누가 가져다 주지 않는데
즐겁게 살다 가도록 노력이나 해 보자구요

사는 날까지
최선을 다 하는 삶
세월속에 박힌 행복이 이따금 반겨 맞아준다면
그 순간이 기쁨이 되고 그 때가 행복이지요

공기의 고마움 잊고 살아 왔듯
행복만 지속 된다는 것도 불감증에 걸리는 삶이 될수 있답니다

행복을 느낄 때 감사하며
행복을 만끽 하고
행복인 줄 알고 살자구요

노력 없이 불행하다 탓 하지 말고
노력하여 스스로 행복 찾고 그 행복 느끼는게
삶의 참 맛을 알고 사는게 잖아요

120

사랑스런 아내

팔순이 한참 넘었는데에도

밥 해 먹고
빨래 하고
또 청소 하고   쉴 틈이 없는 아내

그 노력 덕분에
집안 늘 깨끗하고
매일 삼식 하고
늘어 깨끗하게 잘 살고 왔지요

항상 최선은 다 하는 모습

애처로워 사랑하고
잘 대해 주니 사랑하고
사랑해 주어 사랑하고
고마운 마음 더 하여 사랑하게 되고
사랑 할 수 밖에 없어 사랑하네요

늘 함께 하니
늙어 가며 사랑할 수 있어
더 더욱 축복이 지요

지상 낙원

지상에도 낙원이 있던가요
시끄러운 세상 삶이

남쪽 야자수 그늘을 지상 낙원으로 동경 했었는데
머리 깎고 산 속에 가면 거기가 피난처 인줄 알았는데

꽃 피고 새 울고
벌 나비 한가로운 곳
전쟁 없고
폭망도 시기도 없는 곳이면
그 곳에 낙원이 아니던가요

한가로운 아침
잔잔한 음악이 흐르고
시원한 커피 한 잔
흔들의자에 푹 파묻혀
눈 지긋이 감으니
그 곳이
바로 지상낙원이더라구요

간간히 강물이 흐르고
강물따라 암 수 오리 한 쌍
유유히 강물따라 흐르네요

돈이 뭐기에

재난 지원금 1인당 25만원
수령자 80%
미수(米壽) 지나도록

먹고 살고
자식 교육 시키고
남은 건 달랑 집 한 채

일제 겪고
6.25 넘기고
매년 한 번씩 보릿고개 넘고
삶의 고비 또 넘고

선진국 문턱 넘었다는 소리는 요란한데
남은 집 한 채가 노후 자금 전 재산인데
80% 넘는다나 88%라나
대한민국 어느새 가난한지 믿기지 않네요
집 한 채 노후 생활 전 자산이 부자라니
소가 웃을 세상 아닌가요

돈이 뭐기에
국가 정책
황혼 길 고아 된 기분이고요

돈이 뭐기에
민심 요동치고 불신 사회 만들고
황혼 길 어두워 지네요
황혼 길 힘들게 하네요

사는 날 까지

언제 부를지는 아무도 모릅니다

가는 날까지
편안하게 살다 가는거 소망이 잖아요

편안한 삶
더불어 살면서

빈 손으로 가는데
욕심 욕망의 사슬 끊어
마음 비우고

살아 숨쉬는 것 만으로도 감사 해야지요

이웃과 더불어 즐거운 삶 찾고

가는 길 멀지 않았는데
마음의 짐 훌훌 털어 버리고

삶 자체가 힘 겨운데
쉽지 않은 삶 황혼 길인데

사는 날까지
최선을 다 하는 삶으로
마감 하는거 어떨까요

낙엽

강남에서 불어 오는 봄 바람에
파란 새 싹으로 돌아 나
한 여름의 녹음 시원한 그늘

계절의 절정기 가을
울긋 불긋 화려한 단풍
소슬 바람 불어 떨어져 낙엽이 되었네

엊그제 갔던 세월은 저 만치
화려 했던 젊음도 뒤안 길로
바람 따라 흘러가는 낙엽
어쩌면 내가 낙엽되어 거기 서 있네

낙엽
한 세상 풍미(風靡) 했던 삶도 과거로 추억으로 남고

인생의 무상
세월이 가는 거 막을 수 없다는 현실
지난 세월 추억으로 아름답게 되새기며
고운 모습으로 낙엽처럼 떠나 가야지

낙엽 길 걸으며

사랑하는 사람과 손 잡고 걷는 낙엽 길

남 남이 만나
보릿고개 넘고
어려웠던 시절 힘 겨웠던 삶
반세기 넘도록 서로 의지하며
견뎌 이룬 오늘

한 때는 단풍 만큼이나 아름다웠던 시절도 있었지
이제 마지막 잎새
바람 앞의 촛불 같은 현실이어도
믿고 사랑하며 살아 왔기에
오늘이 있다고

낙엽 길 손 잡고 걸으며
걷다가 벤치에 앉아 이러저러한 살아 온 이야기
분위기 좋은 찻집에서 따스한 차 한 잔
낙엽 길 걸으며
오늘이 있음을 감사 합니다

126

시간은 간다

시간은 간다
시간은 마냥 간다

옛 날에도 그랬듯이 먼 훗 날도
자손 대대로 그대로 간다

지구는 태양을 돌고 달은 지구를 돌고
멈춰 서는 일 없이
오늘도 돌고 내일도 돌고
그래서 세월이 가나

태어날 때 부터
시간에 편승하여 사는 날까지 시간은 끊임 없이 간다

가는 시간
지나 버린 시간 다시는 되오지 않는데
그냥 보내기 아깝잖아

가는 시간
가는 세월
지나 버리면 허송세월

가는 시간
보람 있게 보내야
머지 않은 훗 날 즐거운 추억으로도 남지요

희망과 욕망

미수(米壽)를 넘겼다
옛날 같았으면 고래장 감인데
세월 잘 만나
의술이 발달되면서 명이 길어졌지
구순이 내일 모래

복이 많아
아직도 직장에서 불러 준다

나이가 많다고 항상 일순위로 입에 오른다
연말이면 으례 한 번씩 재취업으로 시험을 치룬다

나이 만큼 오래 살아 죄가 쌓여 부다

그 동안 살아 온 삶
축복 받아 여기까지 왔으니 여한이 없다
더 바라면 욕심이 겠지

늙어도 일 하고 싶은게 욕망일까
능력이 있으면 필요한 곳에서 일 하고 싶은 생각
누구에게나 희망 사항 아닌가

나이에 맞는 희망 욕망
나이가 많아서인가 희망 욕망 헷 갈리네

수퍼 아줌마

새벽 일찌감치 가게 문 열고
청소에 정리 정돈

손님 맞아 항상 친절한
수퍼 아줌마
얼마 전에 수퍼 인수 했단다
최선을 다 하는 성실한 모습
삶이 재미 났어 보이는
열심히 사는 모습에서 희망을 본다

시간이 되면 남편과 교대 한단다

노력하면
노력 만큼의 결실

최선을 다 하는 삶
아름다워 보여지오

율동 공원 길

낙엽이 쌓인 호숫가 오솔 길
산 가운데 호수가 있어
산 수가 어우러진 율동 공원

시원한 바람
호숫가 억새꽃 바람따라 은물결 장관인데

사랑하는 사람 손 잡고
따뜻한 가슴으로
사랑을 주고
사랑도 받고

호숫가 카페에서 따스한 차 한 잔
몸도 녹고 마음도 녹는다

잔잔한 호수
청둥 오리 떼 쌍쌍이 한가롭게 물살 가르고
구름도 산마루에 걸쳐 쉬는 모습
그림자 되어 호수위에 떠 있다

늦가을 호숫가 길
숱한 사람도 쌍쌍이 한가로이 산책 하는데
모처럼 호젓한 율동 공원 길
시간이 빠르게 황혼 노을이 산 위에 걸쳐지네

잔잔한 수면 처럼
차분해 지는 마음으로

130

귀로 (歸路)

돌아 가는 길
어쩌면 태어난 곳으로 다시 돌아 가는 길이 아닌지

젊어 가는 길
험난하고 외로운 길이 어도

늙어 오는 길
순탄하고 즐거운 길이야지

정처 없이 먼 길 떠돌아 헤메었는데
황혼 길 들어서
살아 온 눈치와 요령으로 평온한 길 찾아야지

돌아 보면
아득하고 먼 길
이제는 모든거 접고 내려 놓고
조용히 기도하는 마음으로 감사하며
순탄한 길 찾아야 겠지

귀로의 끝자락이
내 머리 둘 곳이려니

어제와 추억

오늘이 지나
어제가 되고
어제가 쌓이고 멀리 흘러 옛 날이 되네요

살다 보면
가슴 깊이 남는 기억도 있더라구요
두고 두고 잊혀지지 않는 괴로운 추억
당한 일들
상처 준 일도 잊혀지지 않고
회스런 맘 떠 오르는 때 있구요
세월에도 지워지지 않는 어제의 기억 들
오늘에서 비롯 되잖아요

오늘을 잘 살아야
추억이 아름답게 되새겨 지려라고요

꿈이 아름답 듯
오늘을 잘 살아
아름다운 추억 즐겨야지요

늙어
아름다운 추억
되새기며 즐기는 인생 멋지잖아요

꽃망울

꽃망울은 겨우내
봄 맞이 단장에 한창이다

가을에 망울이 자리 잡더니
찬 바람에 꽃망울 추스려
족내 깊숙히 품은채 겨울을 난다

북에서 불어오는 매서운 찬 바람
눈 보라에도 견딤은

오랜 고뇌의 기다림

잔설이 녹고
남에서 바람이 꽃망울 일깨워
비로소 꽃망울 터뜨리는
찬란한 봄을 기다림이 있어서겠지

흰 눈 세상

눈이 내린다
산에도 내리고 들에도

내린 눈이 쌓인다
하얗게 쌓인다

흰 눈 내리면 흰눈세상
세상을 온통 흰눈으로 덮는다

밤 새워 눈 맞아
흰 눈 요정 되었으면
흰 비둘기 모아
흰 눈 세상 살면서
세상 시름 잊었으면

흰 눈 되어
바람 타고 훨훨 날아가면
흰눈 나라 닿을까

내 사랑 손 잡고
흰 눈 밟고
밤새 도록 흰눈 밟으며
흰눈 세상에서
덩실 덩실 춤이라도 추어야지

눈이 내린다
눈이 쌓인다
눈이 쌓여 온통 흰눈 세상이 된다

송년 (送年)

크리스마스 트리에 불 밝혀
송년이 다가옴을 알려 준다

연말이면 어수선해 지는 마음
그러면서 시간은 가고
운명처럼 한 해가 가고 만다

한 해 가면
한 살 더 먹게 되고
세월이 나이를 업고 가는지
가는 세월이 뒤 없이 빠르게만 온 몸을 담근다

코로나로 세상 인심 흉흉한데
민심도 믿음도 만남마저 멍청어져
흔한 송년회 한 번 못하고
이대로 지나 못하고 마는건지

송년이 오면
한 해 일 자책하게 된다
못 다 한 일 아쉬움 남아서 겠지

되돌아 보면
한 해 어떻게 살았던가
나이만 먹고 한 일 없이 허송세월 아니었나를

한 해 저물어 가고 있다
미수년의 한 해도 간다
가지 않았으면 하는 세월인데

새해 맞아
희망 찬 해 뜨기를 빌어야지

135

내일은 희망입니다

행복은 낮은 곳에서 찾고
희망은 높은 곳에서 두드립시다

살아 가는 동안 조금만 자제 낮추면
모두가 평안한 것을
그놈의 자존심
먼져 살리는 것도 아닌데

내 갈 길 굳건히 갈 각오라면
가령에 밑 기웠다고 북돋어거 죽는 일 결코 없잖아요

희망이 없음은
내일이 없는거나 마찬가지 지요

내일이 없다면
얼마나 참담한 삶이 겠어요
내일은 오늘 보다 더 지체가 높은가 봐요
내일이 있음은
기회가 더 있다는 것
희망을 가지고 살아 가라는 조물주의 섭리 겠지요

오늘 못 다 한 일
내일은 꾹 이루자구요

종무식

한 해 업무의 마무리
그냥 보내기 왠지 아쉽네요

한 해 한 일 되돌아 보게되고
한 자리 모여 앉아
막걸리 한 잔

한 해 결실에서
알곡은 곡창에
죽정이는 아궁이에
서로 격려하는 자리도 되겠지

젊어서는 해 마다 되돌이 되었는데
나이 먹은 미수해 종무식
시원 섭섭한거
나이 탓일까

여생에서 몇 번이나 더 종무식 맞을려는지

오늘의 교훈

과거에 너무 묶메이지 말자
과거에의 집착은 현실의 나아갈 길을 막을 수 있지 않겠는가
과거는 과거로 접어 두자

현재의 고충은 무엇이며
어떻게 헤쳐 나갈 가 방안을 모색 해 보자

도박꾼은 잃어버린 손실 되 찾으려다
늪에 빠져 헤어나지 못하고 패가망신 한다지 않느가

현재의 문제점에서 해결책이 무엇인가 고민 해 보자
해결 되도록 최선을 다 하자
반드시 풀릴 것이다.

미래에 너무 기대하지 말자
미래는 불확실 한걸
기대에 미치지 못한 만큼 실망은 커지기 마련이지

현실에 충실 하자

오늘 일   오늘 한 만큼 오늘 마감 하고
그것으로 만족하고   감사 하자
하나님도 최선을 다 하는 삶에 은총을 주실 것이다.

입춘 소망

대문 마다 봄을 부른다
봄 소식은 대문을 열고 오나부다

얼어 붙었던 땅이 녹고
어려운 세상 삶에 지친
얼어 붙었던 마음도 녹이소서

동족 간의 마음도 이 봄에 녹아
소통하는 봄으로 오소서

이 봄에는
코로나도 물러 가고
나들이 가고
반가운 사람 만나 회포 풀고
사람 사는 맛나는 봄으로 오소서

집 집 마다 대길(大吉) 하시고
경사스런 일 많으소서

立春大吉
建陽多慶

갈림 길

갈림 길
헤매다 가는 길
잘 못 가면
삼천포로 빠진다는데

길을 걷다 보면
흔히 갈림 길에 서게 되지요
자주 가는 길인데에도
헷갈리게 하는 걸

인생 가는 길도
수 많은 갈림 길

시골 고향 길 갈림 길에 서면
가끔은 헷갈리기도 하잖아요

살다 보면
갈림 길에서 서성이는 일 많듯이

슬픔와 기쁨의 갈림 길에 선다면
기쁨의 길로 가자구요

강아지 이야기

어릴 때
복실 강아지를 키웠다

볼 때 마다   꼬리 흔들며 반가워하는 모습이라니

어느날 개장수가 복실이를 목줄 끌고 간 날
목 놓아 울었던 기억이 새롭다

딸 아이가
쫑이란 강아지를 키운단다
개도 나이 먹더니 치매를 앓는다
동물 병원 다니는데 치료비가 장난이 아니란다
산 목숨 버릴 수 없다며
둘러메고 다니는 애라하는 모습에 찡해 온다

의술이 발달 발전한 세상
강아지 치매 앓는 모습에 애처로워 하는 세상
강아지도 주인 잘 만나야 호강 하는데
잘 못 만났다간
개 죽임 당하는 세상인가

141

봄비

비가 온다
보슬 보슬 봄비가 내린다

꽃망울 봄비 맞아 봄을 부르고
봄비 따라 님 소식도 오려나

움츠렸던 세월 봄비 맞고 씻겨 가려무나

봄비에 빼죽이 내민 얼굴
꽃 피는 동산 웃음 세상
꽃 길 세상으로 활짝 열렸으면

봄비
보슬비가 매마른 땅을 적신다
가슴도 적신다
마음이 설렌다

백목련

속 살 하얗게 들어내고
환하게 웃는 모습
빨가 벗고 뛰 놀던
어릴적 고향으로 돌아 간다

봄을 불러주어 화창한 날씨
하얗게 웃어 주는 모습
세상시름 잊게 하네요

꽃잎
꽃샘 바람에
티 없이 웃으며
뚝 뚝 떨어져 가는 모습 안스러운데

또
만난다는 기약이 짓지

고향의 봄

봄을 기다렸습니다
음지의 잔설이 녹아 노래로 흐르고
꽃 피고
벌 나비 날고
세상 사느라 쌓았던 응어리 털어 버리고
마음 속 깊숙히 멍들었던 시름
봄 볕에 녹아버려지기 바라는 마음으로
오는 봄을 기다렸습니다

마음의 고향
마음의 봄을 찾아
진정 고향의 봄

어디에 있나요
고향의 봄에는
뻐꾹이 이 산 저 산 메아리치는
고향의 봄을 기다리는데

개 새끼

욕은 하지 말고 살아야 하는데
그 녀석 보면
절로 욕이 나온다
개 새끼

의리 저바리는 사람
돈으로 세상 만사 해결 하려는 놈
돈을 벌기 위하여는 수단 방법 가리지 않는 인간
은혜를 원수로 갚는 녀석
밟고 또 밟고 일어서는 새끼

자다가도 일어나 분노로 표출되는 말
생각만 해도 울화통 치밀어 욕이 나온다
개 새끼
한 평생 삶
오래지 않는데

사는 동안
욕은 하지 말고 살아 가고
욕 먹을 일 말아야 하는데

그 일만 생각하면 욕이 나온다

개 새끼 (만도 못한)

그 날

오늘이   그 날이였음 좋겠네요

기다리던 날

어릴적 소풍가는 날 기다리듯
잠 설치며 손 꼽아 기다린 날

그 날이 오면
날개가 달려 날아 갈것 같은
그런 날이 왔음 좋겠네요

마음 설레는 날

왠지 좋은 소식이 온것 같은
그 날이 기다려 지네요

146

사랑과 희생

사랑 한다는 거
마음의 안정이 자리하고

사랑 받아 본 사람
사랑의 소중함도 알지요

사랑에는 희생이 따릅니다
희생이 없는 사랑은 진실에서 한 발짝 멀어 지고요
사랑에는
십자가 고통의 큰 희생에서 사랑을 남겼듯이

세상 살이 힘 들어도
사랑으로 살자구요
희생은 따른다 해도
온 세상이 사랑으로 가득 하다면
살만한 세상 될거니까요

사랑을 사고 판다는 착각은 버려야지요

사랑은 진실 할수록 그 가치가 더 해지잖아요

147

행복은 항상 우리 곁에

행복은 먼 곳에 있지 않습니다
항상 우리 곁에 있답니다

조그마한 배려에서 비롯 하구요

따스한 미소 머금은 아침 인사
흐뭇한 마음
행복의 지름길 되지요

사는 동안
좋은 일 그 뒤 홀가분한 기분
행복의 씨앗 터어
열매 된다면 행복이 되지요

사랑하는 사람 곁에 있어 행복 하듯
행복은 먼 곳에서 찾지 마셔요

만남

이제는
만남이 편안 해야 합니다

나이만 먹더니
하찮은 오 가는 말에도 고맙고요
말 씨름 하고 나면
헤어짐이 씁쓸 하더라구요

모두 내려 놓은 이 마당에
무얼 더 바라나요

만남은 만남으로 즐거워야지요

만남
이제는 편안하게 만나요

늙어도 피는 아름다운 마음의 꽃

나이 들어 몸은 시들었어도
마음은 늙지 않았잖아요

늙어서도 필 수 있는 꽃
아름다운 마음의 꽃

조그마한 배려에도
위안을 받을 때 흐뭇한 마음
마음의 아름다운 꽃이 지요

꽃 보다 더 아름다운 마음
늙어 가면서 살아 왔던 시련과 고난의 추억 되살려
아름다운 마음의 꽃 피워 보자구요

늙어 세상 살 맛 나겠지요

150

기다림

약속은 아니어도
언젠가
돌아 오리라는 희망이 물안개되어 피어 오르는

바람이 불어 오면
행여 바람 타고 오시려나

사립문 여 닫는 소리에
혹시나

이른 아침
까치 소리에
눈 길은 사뭇 사립문에 머무네요

버선 발로 뛰쳐나갈 채비도 되었는데

사랑

주어도
더 주어도
다 주어도 아깝지 않아 퍼 주고 싶은

더 줄게 없어
목숨까지 주어도 아깝지 않은

꽃 보다 아름다운
보석 보다 더 찬란한
이 세상 무엇보다 더 귀한

마음을 더 하여
목숨까지 아낌 없이 주는

사랑
고귀한 고통의 십자가 까지도

현충일 에

님이 있었기에
오늘이 있습니다

님은 가셨지만
오늘을 주셨습니다

일제의 억압에서 독립을
6.25 남침에서   고지 탈환의 희생이
태극기 들고   앞장 서 몸 던진 민주화도
숱 한 수난의 고비 마다
님의 숭고한 애국심으로   오늘을 일구었습니다

님의 정신 대대로 이어 받아
더 잘 사는 나라 계승해 나가야 겠지요

가시는 길
무궁화 만발하는 꽃 길로 가소서

가시는 길
무지개 뜨는 나라로 가소서

님이여
고이 잠드소서

153

시간은 멈춰 서지 않는데

병실에서 수술 대기 하는 동안
님 찾아 약속한 시간 가는 버스 길
어릴적 소풍 전 날 설치는 긴 긴 밤
더디고 멀기만 했던 추억의 시간들
시계는 멈춰 버린 듯
지구 달 태양 공전 자전이 모두 멈춰선 듯
고속 철도 마저 가는 듯 마는 듯한 느낌인데

지난 시간은 벌써 저 만치 가고 말았더라구요

기다리는 시간 그 때는 지루 하더라도
시간은 멈춰 서지 않고 그대로 가네요

154

결혼 기념 여행

6월 9일
엊그제 같은데 58주년

결혼 기념 여행으로 울릉도 가는 길
승용차로 가서   강릉서 점심 먹고
까페 거리에서
동해 바다 바라 보며
마주 앉아 커피 한 잔
바닷가에서 사진 한 컷 까지는 좋았는데

응급사항 발생 (방광 출혈)

그대로 되 돌아 와 응급실 입원
58주년 결혼기념 여행은 조각나 버리고
병실에서 서글픈 결혼 여행
아내에게 짐만 안긴 결혼기념 여행이 되었네요

사랑하는 사람 당신
미안
미 안
정말 미안

155

내 사랑 그대

우리 가정 사랑으로 지켜 준
회혼을 턱 앞에 둔 나이 되도록
사랑으로 살아 온 그 긴 세월

당신의 헌신
오늘의 행복한 우리 가정

오늘도 따뜻한 밥상
당신의 늙어 보이는 모습 눈시울 젖네요

58주년 맞은 결혼 기념일
당신이 있기에 내가 있답니다

사랑하는 사람 당신
당신이 곁에 있어 오늘이 행복 합니다
무엇으로 그 사랑 갚을거나

내 사랑 그대
여생 사랑 하며 살다 가야지요

혹여
이 세상에서 다 하지 못 하거던
저 세상 끝까지도 사랑 찾아 가렵니다
내 사랑 그대
행복 하시요

넌 뭘 생각하니

먼 산 바라 보노라면
고향이 생각 나 그리워 지고
어렴풋 고향 친구 들 모습 선 한데
친구는 모두 다 가고 없고

넌
멍 하니 넋 놓고 허공을 바라 보며
뭘 생각 하고 있니

너도 고향이 그리운 거니
친구가 보고 싶은 거니

바람이 불어 온다
고향에서 오는 소식인가

나비가 날아 지나 간다
친구 안부 전하러 날아 온 건 아닌지

아름다운 추억

늙어 가면서 추억을 되새기며 보내는 시간이 길어 집니다
혼자 앉아 있으면
추억이 줄 이어 지나 갑니다

살아 온 길
걸어 온 길
오늘에 이르는 길 가에 추억이 즐비하게 늘어 섭니다

아름다운 추억은
아름다운 삶에서 나오고요
아름다웠던 행동 들이 추억으로 엮여
아름다운 추억으로 되새겨 집니다

때로는
부끄러운 추억도 되새겨 지지요
후회가 되는 추억도 있고요

늙어 가면서 추억을 되새기며 사는 시간이 많아 지네요
아름다운 추억을 바란다면
아름다운 삶을 살아야 겠어라구요

남에게 상처 주는 삶은 살지 말아야
아름다운 추억으로 남 듯

한 마디 말

따뜻한 마침 인사
말 한 마디에
하루가 행복하게 출발 해집니다

오 가는 정담
온 종일 위안도 되구요

따스한 정겨운 위로 말
절망 딛고 희망을 되 찾기도 하는데
심장에 비수 꽂는 말
원수가 되기도 하잖아요

말 한 마디
오늘을 희망으로 활짝 꽃 피울 수 있답니다

생각 없이 던진 말 되 올까
조심하게 되네요

훗날

오늘이 끝이 아닌
내일 모래 더 먼 훗날

오늘 못 다 한 마무리
내일로 미룰 수 있지요

오늘 잘 못한 일
훗날에 있어
반성 하며
더 성숙한 삶 누릴 수 있잖아요

훗날이 없는 삶
앞이 보이지 않는 깜깜한 저문 밤의 연속이겠지요

훗날이 있어 희망이 있답니다
훗날 먼 훗날
보람된 삶 살려거든
오늘에 충실해야 겠지요
기억에서 멀리 살아진다해도

훗날이 있어
희망도 기약할 수 있답니다

160

사랑은 아름다워요

사랑하는 사람 만나
사랑 주고 받으며 살아 가겠다는 희망으로
철 없이 젊은 시절 지나 쳤구요

늙어 가면서 철 들어서인지
사랑하며 산다는게 얼마나 소중한지 알게 되지요

사랑하는 사람 만나
황혼 길 손 잡고
애틋한 사랑 주고 받으며
여생
즐겁게 여행하는 꿈 그리지요

사랑의 아름다움
늙수레 할머니 할아버지
야자수 늘어 선 남쪽 나라 해변 거니는 모습상상해 보셔요

사랑은 아름다워요
황혼 길 사랑
찬란한 빛의 노을 만큼 아름다워요

언젠가는

지금은 아니어도
언젠가는
햇빛 들 날 있겠지요

아직은 일러도
언젠가는
하고 싶었던 일 하는 날 오겠네요

땀 흘려 열심히 가꾼다면
언젠가는
풍성한 수확도 거두고요

희망 저버리지 말고 염원 한다면
언젠가는 남과 북이 하나 되어
평양 밟고 백두산 까지 갈 날 기다려야지

희망을 가지고 주어진 일에 충실 하세요
언젠가는
소망 반드시 이루어 진답니다

162

고독 (孤獨)

씹어도 곱씹어도 씹히지 않는
몸부림치고 또 몸부림쳐도 떨쳐지지 않는
가슴 깊은 곳에 도사리고 앉은

곁에 분명 누군가 있는데에도
홀로인 듯

매서운 삭풍 몰아쳐 와
문풍지 울어 지새는 동지 섣달
길고 긴 홀로 잠 설치는 밤 같은

달 그림자 마저 삼켜버린
거룩 밤의 독백

어딘가에서 귀에 익은 하모니카 소리 들린다
먼 남쪽
푸른산 아래 있을 고향땅
어릴적 소꿉 친구들 몹시 그립구나

지나간 날

물고기 인 연어도 종족 번식을 위해
사력을 다해 거슬러 오르지요

사람은 태어나 사는 동안
되돌아 거슬러 올라가지는 못 해도

추억
지난 날을 거슬러 과거를 되돌아 봅니다

지나간 날
기억나는 즐거워 할 일도 많겠지요
다시는 생각 조차 하고 싶지 않은 추억도 있겠고요

지나간 날
돌이켜 보면서
후회 스럽지 않은 삶이 였다면 잘 살아 온 삶이지요

지나간 날
그리움이 안개되어 희미하게 떠 오르네요
나이 탓 만은 아니 겠지요

지나간 날
그 시절의 아름다웠던 삶이
아름다운 추억으로 되새겨져
황혼 길에 좋은 길 동무가 되어 주네요

무기력

우주 공간에 버려진 작은 위성 같은
소나기 퍼붓는데 비 피하려 뛰기 조차 귀찮은

어쩌면
수저 들어 식사 할 의욕 마저 상실한

감나무 밑에 누워도
입 벌리기도 힘겨운

게으름 인가
의욕 상실 일까

무엇인가 찾아야 한다
가깝고 쉬운것 부터

우선 끼니 부터 챙기고 기운 차려야지
떨치고 일어 나자

친구에게 전화 걸고
만나서
수다 떨며 시간을 함께 한내면 어떨까

165

더 늙기 전에

지금도 늙었는데
부르는 날 정해 지지 않아
그 날 까지는

더 늙기 전에
못 다 한 일 찾아 보자

그냥 앉아 있으면
시간은 쉼 없이 가고
그대로 시간이 쏜 살 같이 가고 나면
남는 거 아무것도 없는
텅 빈 가슴 뿐

두드려 보자 열릴 것이요
열심히 찾아 보자 찾을 것이네

더 늙기 전에

166

눈 망울

천진 난만한 아이들의 웃는 초롱 초롱한 눈 망울
보고 있으면 세상 살이 시름이 날아 가지요

해맑게 웃는 모습에
누가 침을 뱉을 수 있을 것이며
어느 누가 감히 돌을 던질 수 있을까요

돌 팔매 맞을 사람 죄 많은 어른들인데

아이들의 맑은 눈 망울
그 속에서 천사의 웃는 모습 그려지고
때 묻지 않은 순수한 눈 망울
평원의 흰 눈 만큼이나 순백이 거기에 있지요

어른들의 눈 망울에는 순수함이 말라 버린지 오래이고
세파에 지친
욕망과 시기와 질투로 쩌든
계속초레 핏발선 눈 망울로 변질되어 보이지요

이제는 모든 것 내려놓고
맑은 정신 밝은 웃음 머금고 순수한 마음 가짐으로
어린 아이 같은 눈 망울로
황혼 길 고이 간다면
바로 그것이 행복으로 이어지는데

회혼 (回婚)

회혼을 맞았습니다
검은 머리 파 뿌리 되도록 살았습니다
정말 아내를 사랑하며 살아 왔고
지극한 아내의 사랑 받아 축복 속에 살았습니다

아이들의 축복 속에 회혼을 맞았습니다

신혼 초의 힘든 삶이 엊그제 없는데
지난 세월 잘 살지는 못했어도
서로 믿고 사랑하며 열심히 살아
이제는 행복을 누리며 살고 있습니다

강산이 여섯 번이 바뀐 긴 세월
변함 없는 사랑이 이어져
축복 받아 회혼을 맞았습니다

회혼 기념 여행은
결혼기념 여행지인 속리산을 가렵니다

인생을 다시 한 번 돌이켜
옛날 그 시절 되새겨 보렵니다
사랑하는 아내와 손 잡고
옛날 그대로
다시 태어 나렵니다

회혼을 맞았습니다
축복도 받았습니다

흰 머리
주름진 할머니가 된 아내

그래도
아내를 사랑 합니다
영원히 사랑 하렵니다

축복 받은 오늘의 회혼은 감사 합니다

그리운 얼굴

나이 먹더니
이따금
그리운 얼굴 들이 물 안개 되어 흐미하게 떠 오른다

먼 옛 날이 되어버린
고향 동네 개구쟁이 소꿉친구 들
세월이 앗아간 국민학교적 친구 들
꾸중도 주셨지만 마냥 귀여워 해 주시던 담임선생님도

세월이 저 만치 흐른 지금
이미 가고 없는 친구의 얼굴도

얼굴
얼굴 들

그리운 얼굴
정말 보고 싶구나

그리워 질 거야

세월이 멀리 지나 버린 이제서야
지난 일들이 그리워 진다

시간은 그대로 지나쳐 가고
세월이 흘러
나이가 들어 늙어 가면
지나간 일들이 그리워 지지요

살다 보면 때로는
후회로운 일들도 있구요
지나 버린 일이라 너려는 잊혀지기도 하지만

훗 날
나이 들고
추억 속에 묻혀 살게 되는 날

지나간 일이라 해도
그때가
그리워 질거야

수확

해 마다 가을이 옵니다
뿌린 만큼 거두는 계절

나이 탓만은 아니어도
할 일 없고
한 게 없으니 수확 기대 말아야죠
사람이라 욕심은 많아서
남이 많이 거두는거 보면서
한 번쯤
한 해 삶이 되돌아 보게 하지요

무엇인가 일 하고
일한 만큼 거두는 삶 뿌듯 하랑나요

이제라도
찾으면 있을것인 즉
열심히 찾아 보고 노력해서
노력 만큼 거두마면 위로와 기쁨이 되겠지요

뿌린 대로
뿌린 만큼

빈 칸

아침에 일어 나
네롯 처럼 책상 앞에 앉는다
탁상 달력에는 그 날의 약속이 빼곡이 적혀 있다

나이가 들 수록
달력에 빈 칸이 많아 진다
허리가 아파 걸음이 신통 했다나
약속이 미뤄지고
자주 만나던 친구 인데
갑자기 요양병원에 입원 했다는 소문이고
가끔은
과거 동료 들이 빈칸을 채워 주기도 하지만
나이 먹어 시간이 갈수록 빈 칸이 많아 지는거
이상 할건 없지 않겠는가

빈 칸 채워
즐거운 하루 보내는 일 늙을 수록 중요 한데

친구 만나 찻 집에서 차 한 잔 정답 주고 받고
이따금 막걸리 한 잔에 삼겹살 구이도
즐거운 시간 들이 빈 칸을 채운다

늙어 가는데
살아가는 재미
빈 칸 채워 볼까나

173

무엇을 남기고 가야 하나

한 번 왔다 가는 인생
무엇을 남기고 가야 하나

들꽃도 아름다운 꽃으로 보는 이 즐겁게 하고
나름대로 열매도 맺고 가는데
화려 하지는 않아도

세상 삶이
나를
점차 만년인 것을

예술가는 작품으로
시인은 아름다운 구절의 애송시를
남기는
일생 살았던 일 회고록으로도

어느 모퉁이
한 구석에 불과 하더라도
주어진 분야에서 최선을 다 하며
살다 남겨지는 일화로
작은 유산이라도
후세에 씨앗이 된다면
후회는 없겠지요

즐거운 시간 행복한 순간

아침 상 물리고
흔들의자에 비스듬이 기대어

음악이 흐르고

따스한 차 한 잔
마음은 흰 구름 위에 떠 있어
어느새 신선이 된 듯

세상 시름 날아 가고
사랑하는 아내와 손잡고 꽃 길을 걷는다

상 상의 나래 달고
설원의 흰 눈 길
흰 발자욱 남기며
빙글 빙글
흰 눈도 맞으며

가장 즐거운 시간
가장 행복한 순간이 선율을 탄다

미련

잊어 야지
잊은 줄 알았는데
멀리 흘러간 세월 속에서도

문득
생각 나 살며시 다가 와
아련히 피어 오르는 안개 되어
설레게 하네요

이미
떠나 보낸지 오랜데

아쉬움이야 남겠지만

보내 버리자
떨쳐 버려야지

그래도
미련이 남는다면

그 때는
어찌 하나요

감사하며 살다 가야지

가 버린 친구
욕을 퍼 부어 본다

성깔 고약한 이 친구
벌떡 일어 나 불끈 주먹이라도 휘둘러 보라고

간 사람
말이 없잖은가

오래 살아
먼저 가는 친구 여럿이여
친구 잃은 슬픔으로 삶이 서글퍼 진다

그나 저나
물가 오르고
퇴행성으로 여기 저기 아픈데 많아 지고
정쟁으로 민심마저 메 마른데

먼저 간 친구
생각이 앞선 건 아닌지

숱 한 고초 고생 겪었어도
우리네 오늘 날 삶
세계 수준 아닌가

여한이 없도록 행복에 겨워 살아 도 봤으니

여생

감사 하며
즐겁게 살다 가야지

부부

백년 해로 굳게 서약하고
남 남이 만나 한 가정 이루어

평생을
마음까지 홀랑 벗은
믿고 의지하고 배려하고 희생하며 사는 사이

자식 낳아
부모로서 할 일
충실히 최선을 다 하는 삶으로

사는 동안
인생 길의 진정한 동반자로 동고 동락 함께 하는 관계
잘 살아 왔는지는
되돌아 보면
죽여의 거울에서 비추어 지지요
지나간 일은 과거로 흘려 보내고
황혼길 여생
초심으로 돌아 가

사랑 주고
사랑 받고
살뜰하게 서로 보살피며
즐겁게 살다 가는 사이 이루어야지요

아름다운 동행

오늘도 손 잡고 던건 길 걷는다

회혼 (回婚)을 앞둔
황혼 길 노 부부로

어렵 사리
긴 세월
불평 한 번 없이 살아 온 긴 여정

뒤돌아 보면 지나간 믿
화려하거나 호화롭지는 못 햇어도

서로를 감싼
행복한 마음 품고

꽃 길만은 아니어도
추억이 묻어 있는 아늑한 오솔 길

황혼 길 손잡고
감사 하는 마음으로 오늘도 걷는다

멀리서 울려 오는 저녁 종소리
은 은히 바람 타고 들려 오는데)

소일 거리

나이 먹으면
젊은 때와 달리
시간은 많은데 마땅한 일 거리가 없잖아요

젊어 서는 시간이 돈인데
이제는 남는게 시간이라니

옛 어른의 선견지 명
추어 지면 소일 거리 만들라신 말씀 생각나게 하네요

친구 만남도 좋고
일 거리 있으면 더 좋고

일 감 없으면
일상 소감이라도 기록 한다 거나
자서전이라도 정리 한다면 더 좋지 않을까요

소일 삼아
한천 가 산책하며
세월 흐르듯 흘러가는
강물이나 내려다 보며
시간 흘려 보내는 거 어떨까요

180

꺼져가는 등불

꺼져가는 등불이라고
바람 불어 끄지 마세요

나머지 심지 까지
타고
또 태워
마지막 타서
속까지 태워 불 밝히렵니다

꺼져 가는 불
안타깝다 생각 마셔요

젊었던 시절
열심히 불 밝혀
여기까지 오는 동안
산전 수전 모두 겪으며
여한 없는 삶으로 살아 왔습니다

마지막 꺼질 때 까지
온 힘 다하여 다 태우고
어두운 곳 밝혀
스러지렵니다

눈이 내린다

눈이 내린다
함박 눈이 내린다
지난 계절 봄 여름 가을을 흰 눈으로 덮는다

세월을 덮는다

흰 눈 세상
응어리 진 마음도 덮었으면

시끄러운 세상사
모두 흰눈 세상 되었으면

눈이 내린다
하얀 눈이 펑 펑 쏟아져 내린다
산에도 들에도 지붕위에도 장독대에도
새 하얗게 덮은
흰 눈 세상
흰 눈 요정으로 태어나 빙글 빙글 흰눈위 춤이라도 추었으면

세상 시름 잊고
흰 눈 따라 훨 훨 날면 흰눈 나라 가 지려나

하얀 마음으로
다시 태어나기 기원 하며

더럽혀 진 마음도
흰 눈으로 하얗게 새 하얗게 덮었으면

182

난 꽃

직장 옮겼다고 보내 준 축하 난분(蘭盆)
향기 그윽한 난꽃 피었다 지고

한 참 나이인데 고인 되어 가슴 아팠는데
겨주로 걸려지 않고
고인 떠 올려 정성스레 물 주었더니

한 해 걸러서야
빛죽이 내 민 난 꽃대
분신으로 다시 태어 나려나

한 동안 직장 동료로
배려하며 즐겁게 지난 일 엊그제 언데

가고 없는 지금
솟아 오른 꽃대
그리워 보고 싶어 난 꽃으로 오시려나

송년 (送年)

한 해가 간다
한 해가 또 저문다

다사 다난 했던 힘겨운 한 해로 기억에 남는다
코로나가 생활 환경에 큰 변화로 요동친 한 해
물가가 주머니를 가난하게 한데에다
북쪽에선 연일 미사일 잔치로
남북을 위협으로 몰아 온 한 해

민심은 정겨움 마저 앗아 간
소나기 흠뻑 뒤집어 쓴 물굴의 연말

송년
한 해 몽땅 쓸어 버리고 싶은
억지로라도 떠밀어 보내고 싶은 조급 함이란

한 살 더 먹는 서글픔은 있어도
한 해 일 말끔히 마무리 하고
밝게 솟아 오르는 새해 맞자

새 기운 받아
새롭게 단장 하고
희망 찬 신년으로 새 출발 하자

184

이름 모를 들꽃

산에도 들에도 아무 곳에서나 피는 들꽃이라
더러는 이름을 모릅니다

봄 여름 가을
계절에 알맞게 지고 피어도 이름을 모릅니다

이름 모를 들꽃들
보는 이 웃는 모습 보고파 피고 또 핍니다

벌 나비 다녀 가고
호랑나비도 쉬었다 가지요

바람이 불어 오는 어느 날은
살랑 살랑 흥에 겨워 춤도 추고요

보살펴 주는 이 없어도
짓궂게 밟고 지나가는 들 고양이의 시달림 속에서도
번개 천둥에 비바람 몰아쳐 지나가도
모진 고통 그대로 삼키며
후손 들 안녕을 위해 무궁토록 잉태하고 번식해 갑니다

한 살이
할 일 다 하고
웃는 모습 보여 주고파
즐겁게 즐기며 살다 갑니다

잘 사는 삶

곱게 늙어 가는 것도 축복이고요
늙어 근심 걱정 없는
마음 비우고 감사하며 사는 삶
더 한 축복이지요

민들레는 꽃도 예쁜데
홀씨 되어 바람에 두둥실 날아
바람이 머무는 곳에 뿌리 내려
한 삶이 삶 아름답 듯

지난 날 굶주려 힘 겹게 살아 왔더라도
나이 들어 삶이 편안 하다면 더 큰 축복이 잖아요
젊어 부를 누리다가
늦게 나이 먹고 힘 없을 때 불행 하다면
인생이 온통 불행한 거나 매 한 가지 아닌가요

젊어 고생 하되
늙어서는 편안하게 살다 가라는
어르신 말씀
머리를 스치네요

바다가 보이는 언덕 길

바다가 보이는 호젓한 언덕 길
사랑하는 사람과 손 잡고 걷는다

손이 닿을 듯한 바닷가
바다 내음이 상큼하게 바람 타고 코 끝을 스친다

밀물 썰물
인생 살이에도 썰물 밀물 있듯
살아 오면서 희노애락이
흰 머리칼 주름진 웃는 모습에 어려져 눈시울 적신다

바다가 보이는 언덕 길
모퉁이 돌아
오솔 길 따라 가노라면
새 세상이 펼쳐질 것 같은 바램에 가슴 설렌다

이 땅에 진정 봄은 오려는지

죄 지은 사람도 특령직에 있으면
벌 받지 않는 세상으로 진보하고 있는 세상

잘 한 일도 깎아 내려야 속이 시원하고
잘 못한 일은 사정없이 후벼파는 물귀신놀이 즐기는 심술

계절은 바뀌어 겨울이 지나면 자연적으로 봄이 오는데
봄 여름 가을 겨울 사계절도 무너뜨리려는 오지령 세상

법 앞에서는 평등하다 배웠는데
법 위에 군림하려는 어느 특정인
죄 없는 사람만 돌을 던지라 했거늘
죄 땅이 지은자 더 많이 돌을 던지는 세상이라니
죄 짓고 살다 떠나면 후손에게 불행을 안겨주는줄 잘 알면서

보리고개도 숫하게 넘었고
세계 최후의 동족 분단국에 살고 있어도
열심히 노력하여 한강 기적을 이룬 민족인데
열정과 나라 사랑으로 오늘을 이룬 나라인데

이제는 겨울잠에서 깨어나
망상의 늪에서 헤서 나와야 하지 않겠는가

새 봄 맞아
다시 봄 꽃이 여기 저기 이산 저산 피는 계절 오는데
이 땅에 진정 봄은 오려는지

188

사랑의 축복

사랑하는 사람 있으면 축복이지요
사랑해 주는 사람이 있다면 더 큰 축복이고요

사랑 다 주고 나면 고갈되어
더는 사랑할 수 없는 줄 알았는데
사랑하는 사람 있으면
사랑도 새 순이 돋더라구요

사랑하는 아내
사랑하는 자식
사랑하는 부모형제 그리고 이웃
사랑하는 친구
사랑하는 사회
사랑하는 내 나라

사랑은 밤 하늘의 별 만큼이나 무한 하데요

회혼(回婚)이 지나도록 잘 살아 왔는데

오늘도
따뜻한 아침 상 차려주는
사랑하는 아내가 있어 감사하고 행복 합니다.

얼마 남지 않은 여생
사랑하며 살다 가야지요

오늘 일은 오늘로

아침 해가 창가에서 설친 잠을 깨운다
어제는 가고 오늘의 시작으로

오늘 할 일 머리에 그려 보고
오늘 아침은 가뿐한 기분으로 출발 해 보자

오늘 일은 오늘로
오늘 일을 내일로 미루지 말아마지
내일 일은 내일에 가서 걱정하자
한 치 앞 못보는 흙으로 빚어진 인간이 아닌가

오늘에 착실하고
오늘 일은 오늘로 마무리 해야지

오늘이 가기 전에
오늘 한 일 살펴보고

오늘이 있음을 감사하고
기도 하는 마음으로
오늘을 보내자

■ 편집을 마치고

　　가난과 고난을 딛고 오랜 세월 사랑하는 아내 맞아 파뿌리 되도록 살아 회혼(回婚)을 맞았습니다.

　　그 긴 세월 서로가 배려하고 인내하며 열심히 살아 오늘이 있음을 감사 또 감사 합니다.

　　뒤 돌아 볼 틈도 없이 분주한 중에 시간이 흘러 늙어 평안을 찾아 오늘이 있음을 거듭 감사 합니다.

　　네 번째 시집으로 「어떻게 살다 가야하나」를 파뿌리가 되어 회혼을 맞아 사랑하는 아내에게 선물할 수 있어 감개무량 합니다.

　　아들 하나, 딸 둘(큰사위도), 친 손녀의 축복을 받으며 오늘에 이르렀고 앞으로도 변함 없는 사랑으로 살다 가렵니다.

　　시인이 아니어서 아쉬움이 남습니다 만 생각 날 때 마다 기록하여 쌓이다 보니 또 한 권의 분량이 되어 책으로 엮게 되었습니다. 그 동안 응원해 주신 분들과 나누어 읽었으면 합니다.

　　시(詩)라기 보다는 일상생활에서 생각나는 것들의 감상문 이라 보시면 마음이 훨씬 가볍지 않을까요

　　가족의 응원 덕분에 용기를 내어 4집으로 발간 합니다.
저희가 손수찍은 사진을 배경으로 싣고, 친필로 정리 하였음을 양지 바랍니다
읽어 주시는 분들과 공감이 간다면 더욱 고맙겠습니다

　　　감사 합니다.

■ 후기後記

1. 즐겁게 사는 방법 찾기

- 취미생활
  - 독서 : 전문서적, 시사, 문예 종교 서적 등
  - 음악 : 감상, 악기연주(하모니카, 리코더, 색소폰 등)
  - 글쓰기 : 시, 소설, 산문, 회고록 등
  - 수집, 서예, 동서양화, 수채화, 우표, 골동품 기타
- 운동
  - 산책 : 걷기, 달리기
  - 체조 : 줄넘기, 맨손 체조, 철봉 등
- 여행
  - 부부동행, 친구, 마음 맞는 이웃 등
- 일
  - 직장, 일거리 만들기
  - 학회, 협회 활동(참여, 원고 쓰기, 자문 등)

- 만남

  · 친구(고향 선후배, 고등학교, 대학교, 사회, 이웃)

  · 자녀(수시)

- 안부 전화

  · 친구, 친지, 자녀, 일가친척

※ 삶을 즐겁게 살려면

· 좋은 것만 생각하자

· 긍정적으로 살자

· 즐겁게 살도록 노력하자

· 최선을 다하자

· 배려하며 살자

· 감사하는 마음으로 살다 가자

2. 아마추어 인생

이과理科를 택하여 공과대학을 졸업하고 생업으로 열심히 살아온 덕에 기술사技術士(항만분야) 자격증을 취득하고 전문기술자로 먹고살고 오늘에 이르도록 아흔 살이 내일모레인데 새해 맞아 시무식에 참석하고 일과를 마쳤다.

고상하게 이야기해서 시상詩想이 떠오르면 내 나름대로의 시를 쓴다. 사랑하는 아내 만나 아흔 살이 되는 해에 혼인한 지 60년, 회혼回婚이란다. 회혼 기념으로 네 번째 시집 발간을 준비해왔다.

시인이 아니면서 시를 쓴다.

문학 공부는 전혀 받지 못한 시 분야 문맹인데 이따금 떠오르는 시상, 전생에서 시상을 전수하였는지 모르겠지만 틈틈이 시를 써 왔다. 아마추어 시인, 아마추어 인생이 아닌가? 시에 관한 한 아마추어임이 분명하다.

시가 좋아 시를 쓰고 시상에 잠기면 산고를 치르고, 생각하고, 나만의 고독에서 몸부림치고, 시를 쓰면서 산고 후의 모성애를 이해하게 되어 인생에서 철도 들고, 희열도 맛보고, 즐거움도 주어 어느 때는 몰입되는 경우도 있으니 그 얼마나 인생에서 멋진 보람인가? 직업이 아닌 아마추어, 그래서 시를 부담 없이 좋아하는지 모르겠다.

시상에는 동심도 있고, 고향도 있고, 가 버린 친구가 가까이 오는 바람 소리도 있고, 어릴 적 자상하시던 초등학교 선생님도 계시고, 청산의 벌과 나비도 내려앉는 그 매력에서 벗어날 수가 없다.

직업이 아니어서 부담되지 않아 좋고, 늙어 이야기 동무까지 되어 주니 돈 주고 살 수 없는 시상詩想, 나만이 즐길 수 있어 더더욱 좋다.

다만, 한가지 우려되는 것은 어떻게 읽고 느껴 주느냐 하는 객관성에 대해서는 얼굴이 붉어 진다.

아마추어 시인, 아마추어 인생

들에 피는 꽃도 아름다운 꽃이 있듯이 그런 게 세상사 아니겠는가?

기왕 쓰는 시, 아름다운 시, 읽기 좋은 시, 오래 기억에 남는 시를 쓰고 싶은 욕심도 생긴다. 정말 어려운 주문 아닌가? 기는 주제에 날아 보겠다는 욕심이다.

시상이 떠 오르면 놓치지 않으려고 종이와 펜을 휴대하는 습관도 생겼다.

시인이 아니면서 시를 쓴다.

시가 좋아 시를 쓴다.

아마추어라도 좋다, 인정받지 않아도 좋아.

살아 있는 날까지 아마추어 인생 살다 가야지.

어떻게 살다 가야 하나

초판인쇄 2023년 8월 31일
초판발행 2023년 8월 31일

지은이 주재욱
펴낸이 채종준
펴낸곳 한국학술정보(주)
주 소 경기도 파주시 회동길 230(문발동)
전 화 031-908-3181(대표)
팩 스 031-908-3189
홈페이지 http://ebook.kstudy.com
E-mail 출판사업부 publish@kstudy.com
등 록 제일산-115호(2000. 6. 19)

ISBN 979-11-6983-641-8 03810